# A irmandade da uva

JOHN FANTE

# A irmandade da uva

Tradução
ROBERTO MUGGIATI

JOSÉ OLYMPIO
EDITORA
Rio de Janeiro, 2013

Título do original em inglês
THE BROTHERHOOD OF THE GRAPE


EDITORA JOSÉ OLYMPIO LTDA.
Rua Argentina, 171 – 3º andar – São Cristóvão
20921-380 – Rio de Janeiro, RJ – República Federativa do Brasil
Tel.: (21) 2585-2060
*Printed in Brazil* / Impresso no Brasil

Atendimento direto ao leitor:
mdireto@record.com.br
Tel.: (21) 2585-2002

ISBN 978-85-03-01167-9

Capa: Interface Designers / Sergio Liuzzi
Foto de capa: Thurston Hopkins/Getty Images

Texto revisado segundo o Novo Acordo Ortográfico da Língua Portuguesa.

CIP-BRASIL. CATALOGAÇÃO NA FONTE
SINDICATO NACIONAL DOS EDITORES DE LIVROS, RJ

Fante, John, 1909-1983
F217i A irmandade da uva / John Fante; tradução de Roberto Muggiati. – Rio de Janeiro: José Olympio, 2013.
21 cm

Tradução de: The brotherhood of the grape
ISBN 978-85-03-01167-9

1. Romance americano. I. Muggiati, Roberto, 1937-. II. Título.

CDD: 813
13-1249 CDU: 821.111(73)-3

*Para Joyce, naturalmente*

A irmandade da uva! Você os vê em cada aldeia, aqueles velhos safados, vadiando na frente dos cafés, bebendo vinho e suspirando atrás de cada rabo de saia.

Eduardo Verga, *Os Abruzos*

# 1

Uma noite em setembro passado meu irmão telefonou de San Elmo para informar que papai e mamãe tinham voltado a falar em divórcio.

— E aí, qual é a novidade?

— Desta vez é para valer — disse Mario.

Nicholas e Maria Molise estavam casados havia 51 anos e, embora tivesse sido uma relação infeliz desde o começo, preservada pelo catolicismo implacável de minha mãe, que punia o marido com uma irritante tolerância de seu egoísmo e desdém, parecia agora uma extrema loucura aquelas pessoas idosas se separarem nesse momento de suas vidas, pois minha mãe estava com 74 e meu pai era dois anos mais velho.

Perguntei a Mario qual era o problema desta vez.

— Adultério. Ela o pegou em flagrante.

Eu ri.

— Aquele velhote? Como é que ele pode cometer adultério?

Na verdade, era a primeira acusação desse tipo após muitos anos, a anterior tendo a ver com as investidas de meu pai sobre Adele Horner, uma funcionária dos correios — "uma bruxa baixinha e perversa", na descrição de minha mãe —, uma mulher de cinquenta anos ligeiramente manca.

Mas isso havia sido há muito tempo e papai não era mais o mesmo homem de antes. Na verdade, no seu aniversário, em abril, eu o vira agachado no chão, gemendo e socando o tapete com os punhos enquanto enfrentava um ataque de sua glândula prostática.

— Vamos lá, Mario — ralhei. — Você está falando de um velho acabado.

Ele respondeu que mamãe tinha descoberto marcas de batom na roupa de baixo de papai e, ao confrontá-lo com essa prova (eu podia vê-la esfregando-a no nariz dele), ele a agarrara pelo pescoço e a estrangulara, vergando-a sobre a mesa da cozinha e chutando-a na bunda. Embora estivesse descalço, o chute deixou uma marca roxa nas nádegas de mamãe e havia manchas vermelhas em sua garganta.

Envergonhado do covarde ataque contra sua mulher, meu pai fugiu de casa enquanto Mario entrava pela porta dos fundos. A visão dos machucados de mamãe o enfureceu tanto que ele saiu na mesma hora, saltou para dentro do seu caminhão e foi direto até a delegacia, onde fez uma queixa contra o pai, Nicholas Joseph Molise, acusando-o de agressão.

O chefe Regan, da polícia de San Elmo, tentou dissuadir Mario de uma ação tão drástica, pois ele era um velho companheiro de copo de meu pai e, como ele, sócio do Clube dos Alces. Mas Mario bateu na mesa e insistiu em sua queixa, forçando o chefe a cumprir seu dever. Acompanhado por um assistente, o chefe Regan foi de carro até a casa dos Molise na Pleasant Street.

Para indignação de Mario, meu velho recusou-se a atender a ordem de detenção e fez pé firme na varanda da frente, armado com uma pá. Num instante formou-se uma aglomeração de vizinhos e meu pai e o chefe de polícia entraram em casa e sentaram-se à mesa da cozinha, bebendo vinho e discutindo a situação enquanto mamãe chorava sem parar no quarto.

Àquela altura, a multidão diante da residência dos Molise tinha tomado a rua e dois carros extras da polícia foram convocados para isolar todo o quarteirão. Subitamente a camaradagem entre papai e o chefe chegou a um fim inesperado. O policial sacou um par de algemas e as hostilidades irromperam. Assistentes acorreram quando Regan gritou por socorro, e meu pai foi imobilizado no chão e algemado. Com a respiração ofegante, ele foi arrastado para fora até uma viatura.

A visão do marido algemado despertou gritos de angústia em minha mãe. Ela agrediu o policial, socando e unhando com tanto frenesi que desmaiou na calçada, de onde os vizinhos, a sra. Credenza e o sr. Petropolos, a arrastaram, com os calcanhares batendo no chão, para dentro de casa.

Meu irmão Mario, que tinha recaído em seu medo irracional do meu pai, reapareceu de trás das latas de lixo na viela e correu para o lado de mamãe enquanto ela jazia no sofá, consolando-a e segurando sua mão.

Agitada com o desejo de perdoar o marido, mamãe levantou-se vacilante, cambaleando pela sala para cair de joelhos diante da estátua de santa Teresa, implorando à Pequena Flor que não punisse o esposo temperamental, que tivesse piedade uma vez mais de suas transgressões e que implorasse junto ao tribunal de Deus Todo-Poderoso por sua alma imortal.

Ela rogou a Mario que retirasse as acusações contra o velho e garantisse sua soltura da prisão de San Elmo.

— Ele está velho, Mario. Não fez por mal, mas está perdendo o juízo.

No início, Mario recusou-se até mesmo a pensar na possibilidade de libertar o pai, preferindo que ele ficasse na cadeia por algumas horas para esfriar a cabeça. Mas as lamentações de minha mãe, sua nobre clemência e sua advertência de que papai estraçalharia o filho, a não ser que fosse libertado logo levaram Mario a ceder. Ela e Mario foram até o centro da cidade para soltar o velho.

— Que mais eu podia fazer? — Mario implorou ao telefone. — Ele é um velho malvado e cruel e quanto mais tempo ficar preso, mais malvado vai ficar. É um cachorro louco.

Para seu espanto, e para o desgosto do chefe Regan, Nick Molise não quis ser solto, nem quis saber da desistência das acusações. Xingando Mario e mamãe, zombando de seus captores, ele aceitou voluntariamente a prisão, jurando que lutaria por seus direitos em cada tribunal da nação, até mesmo junto ao Supremo Tribunal, para provar que ainda existia justiça na América.

— Então ele cuspiu no meu rosto — disse Mario. — Falou que eu era o Judas que matou Cristo. Disse que eu não era mais seu filho. E aí me deu um chute no estômago.

Diante disso, o chefe Regan perdeu a paciência, rasgou os papéis da queixa e mandou papai, mamãe e Mário sumirem da delegacia. Nick Molise não se mexia, seus grandes punhos agarravam-se às grades da cela. Três policiais golpearam seus dedos e caíram sobre ele, o empurraram pelo corredor e o jogaram na rua.

Aí começou uma briga entre o velho e Mario, que rolaram pelos degraus da delegacia e pela calçada até a sarjeta. Os policiais os apartaram e os teriam posto na cadeia por desordem, mas o chefe, ansioso para evitar maior envolvimento, mandou seu pessoal entrar e trancar a porta da delegacia.

Então meu irmão Mario, um homem pacífico de quarenta anos, um pouco bombástico, mas de modo algum um brigão, levou uma tremenda bofetada do velho, pois Mario seria mais capaz de bater em Nosso Senhor do que no próprio pai.

O terrível imbróglio acabou com Mario caído na sarjeta, apertando um lenço ensanguentado contra o nariz, enquanto mamãe berrava para um grupo de cidadãos de San Elmo que assistiam ao espetáculo em silêncio e tomando todo cuidado para não se envolverem.

Na verdade, não foi a primeira vez que o chefe da família Molise fez papel de tolo em público. Poucos meses antes ele havia enfrentado um jovem barman do Onyx Club que lhe deu uns bons socos e o jogou na rua: ele levantou um banco pesado e o arremessou através das vidraças do bar. O estrago me custou cem dólares, que paguei mandando um cheque e, graças a Regan, o caso nunca chegou ao tribunal.

De fato, ao longo dos anos, pelas esquinas, em bares e postos eleitorais, Nick Molise havia se metido em tantas brigas que o bom nome da família ficou seriamente comprometido na cidade. Ainda assim, os cidadãos manifestavam tolerância e boa vontade, pois todo mundo gostava do velho e se divertia com seu jeitão explosivo. Irritadiço, barulhento, abusando da paciência dos outros, bêbado na maior parte do tempo, ele tinha rédeas soltas em San Elmo; e à noite, quando o ouviam se arrastar de volta para casa ao longo de ruas desertas, entoando péssimas versões de *O Sole Mio*, as pessoas sossegadas em suas camas diziam: "Lá vai o velho Nick", e sorriam, pois ele fazia parte de suas vidas.

Todo mundo, isto é, à exceção de seus filhos Mario e Virgil. Gerente da Carteira de Empréstimos do First National Bank, meu irmão Virgil estava convencido de que as palhaçadas de papai tinham arruinado sua carreira no banco.

Mario culpava o pai por recusar-lhe uma educação superior, bem como a oportunidade de se tornar pedreiro. Quanto a minha irmã Stella, nunca cessou de reprovar as maneiras do velho — sua bebedeira, sua jogatina, sua galinhagem e sua crueldade para com nossa mãe. Ela tinha uma capacidade incrível de intimidá-lo. Um lampejar de seus olhos negros e ele se arrastava como um cão. Embora o amasse, ela o desprezava também, determinada a lembrar tudo o que mamãe tentava, mas não conseguia esquecer.

Voltando ao telefonema de meu irmão.

Depois de agredir Mario, meu pai ficou de pé nos degraus da delegacia e pronunciou um discurso violento para as pessoas que iam se juntando por ali. Denunciou a traição de seu próprio filho ao provocar sua detenção, chamou os policiais de criminosos por abusarem de um cidadão respeitador da lei, e criticou mamãe chamando-a de velha tola e insana que perseguia um homem honrado que apenas desejava viver em paz.

Mario teve engulhos ao narrar os gritos de protesto de mamãe, que se dirigia aos espectadores, frenética, agarrando-os pelos punhos da camisa enquanto eles se afastavam e ela prosseguia na sua ladainha sobre o batom na cueca do marido. "Acham que é assim que um homem casado deve se comportar?", suplicava. "Quem lava a roupa, limpa a casa, cozinha as refeições dele? Este é o agradecimento que recebo: batom da boca de uma vagabunda?"

A multidão se dispersou horrorizada. Até papai fugiu da cena vulgar, correndo pela Oak Street e atravessando os trilhos da Southern Pacific até o Café Roma, um refúgio para machos italianos idosos.

Ensanguentado e constrangido, Mario ajudou mamãe a subir no caminhão. Quis o destino que a bateria estivesse descarregada e o carro se recusasse a pegar. Como refugiados de guerra, mãe e filho atravessaram a cidade penosamente até a casa de madeira na Pleasant Street. Depois, Mario pegou uma bateria emprestada no posto de gasolina e voltou até o caminhão. A polícia tinha colado uma multa de estacionamento proibido no seu para-brisa. Dirigiu o caminhão de volta à casa dos pais.

Ao chegar em casa, mamãe começou a fazer uma mala, decidida pegar um ônibus para Denver, onde planejava se instalar na casa de sua irmã Carmelina. Sabia que seria bem acolhida, pois Carmelina, nossa velha tia, detestava meu pai e escolhera sabotar seu casamento como um *hobby*.

No meio da arrumação de mala de mamãe, minha irmã Stella e meu irmão Virgil invadiram a casa, depois de ficarem sabendo por várias fontes sobre a confusão diante da delegacia. Minha mãe, que nunca abriu mão de improvisar um drama na frente dos filhos, desmaiou no chão da cozinha, abortando assim a apressada e inadequada travessia de ônibus por sobre as Sierras até Denver, uma viagem que ela teria achado muito difícil, pois sofria de dor na coluna e de incontinência urinária crônica.

Uma inalação de alho macerado trouxe mamãe de volta à consciência e com a determinação de uma santa Bernadete ela começou a se movimentar meio vacilante, trazendo vinho e empadão à mesa, onde se iniciou uma discussão de seus problemas com papai.

Esses diálogos, me lembro bem, ocorreram com frequência ao longo dos anos e nunca haviam chegado a nada frutífero. Velhas feridas eram trazidas à tona, todo mundo berrava a plenos pulmões e a bagunça emocional só trazia amargura e tristeza. Como o mistério da Imaculada Conceição, o problema de meu pai era insolúvel, desafiava a lógica, não fazia nenhum sentido.

Meu irmão Virgil estava num frenesi especial. O espetáculo da delegacia fora presenciado por seu empregador, J.K. Eicheldorn, presidente do banco, e o distinto primeiro cidadão de San Elmo não ficara feliz. Chamando Virgil ao seu gabinete, J.K. advertiu-o de maneira ríspida que as fanfarronadas do sr. e da sra. Molise eram uma mácula na reputação do banco e, se continuassem, a posição de meu irmão estaria ameaçada.

Socando a mesa da cozinha, Virgil chorou ao acusar mamãe e papai de serem malucos, socialmente irresponsáveis, velhotes tolos e senis que deveriam ser internados num asilo.

Isso provocou mais lamentações de minha mãe, que entrelaçou as mãos e implorou a Nosso Senhor para vir buscá-la. Mario acorreu em sua defesa, xingando Virgil de presunçoso e covarde, abandonando seus próprios pais em busca de aprovação social.

Dotado de uma língua ferina, Virgil logo colocou Mario no devido lugar, chamando-o de "a mais baixa forma de ser humano conhecida pelo homem — um guarda-freios". Foi demais. Mario socou Virgil na boca e Virgil retaliou com um golpe no nariz. Em seguida, atracaram-se por toda a cozinha, derrubando cadeiras, arrancando panelas e frigideiras da despensa, mamãe gritando e Stella correndo para sua casa do outro lado da viela para pedir socorro ao marido, John DiMasio, o pedreiro. Quando ela voltou com John, a briga tinha terminado. Virgil fora para a varanda e Mario estava de pé junto à pia da cozinha, cuidando de um sangramento no nariz pela segunda vez naquele dia agitado.

A calma foi restaurada, mas mamãe rapidamente agitou as coisas de novo.

— O que vou fazer com aquele bode velho nojento? — perguntou. Era um jeito duro de provocar um assunto que ninguém queria mais discutir, e foi tão repugnante para DiMasio que ele saiu porta afora. Da viela gritou para Stella que voltasse para a porcaria da sua casa.

Stella o ignorou.

— Mamãe — disse —, você não tem prova factual de que papai foi infiel. São apenas provas circunstanciais.

Mamãe jogou as mãos para o céu, chocada.

— Provas circunstanciais? Oh, Mãe de Deus, protegei-me de meus próprios filhos!

Cambaleou até o quarto de dormir e voltou com as cuecas delatoras, empurrando para os lados pratos e copos e estendendo a roupa de baixo no centro da toalha xadrez como uma desavergonhada toalha de centro. As manchas vermelhas que borravam o gancho da cueca eram bem visíveis.

— Era batom, sem sombra de dúvida — disse Mario pelo telefone. — O beijo de alguma vagabunda.

Minha irmã Stella, casada com seu inconstante pedreiro, insistiu que a mancha era de um antisséptico bucal que ela vira no banheiro.

— Não passa disso: um simples antisséptico bucal.

Foi como se ela tivesse golpeado mamãe com um porrete. A cabeça dela caiu sobre a mesa produzindo um baque surdo.

— Estou tão cansada — gemeu ela. — Oh, Senhor Abençoado, me livre dessa cruz. Não aguento mais. Há 51 anos que faço o melhor que posso e agora minha paciência chegou ao fim. Quero sair dessa. Quero alguma paz na minha velhice. Quero o divórcio!

Ela se pôs de pé, eletrizada por suas próprias palavras.

— Divórcio! Divórcio!

Correu pela casa até a porta da frente, desceu os degraus da varanda e foi para o meio da rua, gritando a plenos pulmões, puxando os cabelos.

— Divórcio! Divórcio! Vou conseguir o divórcio!

Portas se abriram em ambos os lados da rua e as esposas se esparramaram nas varandas, jovens e velhas esposas, observando em silêncio e com simpatia; os problemas da casa dos Molise também lhes pertenciam havia muitos anos. A vizinha do lado, sra. Romano, sacudiu o dedo em aprovação.

— Você está fazendo a coisa certa, Maria. Livre-se do velho safado!

Mario e Virgil saíram correndo, agarraram mamãe e a arrastaram de volta para casa pelos degraus da varanda e pela porta da frente.

Ocupando o centro do palco e inspirada, mamãe pegou o telefone e ligou para Harry Anderson, o advogado da família.

— Prepare os papéis, Harry. Dessa vez estou falando sério. Vou me divorciar do animal.

Anderson tentou desencorajá-la, como de costume, e Stella arrancou o telefone de suas mãos, mas mamãe o pegou de novo.

— Assino qualquer coisa, Harry. Prepare os documentos. A casa é minha. Ele não pode entrar mais aqui. Que durma no galpão de ferramentas. Diga a ele para vir pegar suas roupas. Vou jogar toda a sua tralha na viela e isso inclui suas cuecas sujas. Quero a betoneira que está no quintal retirada até amanhã, senão vou doar para a prefeitura!

Anderson concordou em encontrá-la em seu escritório no dia seguinte.

— É nesse pé que as coisas estão — Mario encerrou, sua voz trêmula e desolada. — Não posso acreditar nisso, Henry! O fim de nossa família. Eles não vão viver um mês um sem o outro.

— Não vai acontecer — acalmei-o.

— Você precisa salvá-los, Henry. Você é o único capaz disso.

Eu podia entender por que tinham medo desse ridículo divórcio, do caos que ele criaria em suas vidinhas tranquilas de cidadezinha pequena. Não eram mais jovens, suas esperanças para o futuro estavam exauridas, e já estavam sobrecarregados demais com bandos de crianças amontoados em casas de estuque de três quartos com pequenos quintais, um limoeiro no canto, tomateiros na cerca dos fundos e filhas adolescentes desesperadas por um quarto só seu. Caso se divorciassem, aonde iriam meu pai e minha mãe? Quem tinha quartos de sobra para hospedá-los?

Verdade que mamãe alimentava planos vagos e tímidos de dividir o apartamento com sua irmã em Denver, mas tal arranjo não duraria 48 horas, pois a doida da Carmelina (sempre com o mesmo xale e vestido preto), era uma artrítica retorcida confinada numa cadeira de rodas, requerendo atenção constante, e era uma tirana ainda pior do que Nick Molise. Duas noites no apartamento sem ventilação de Carmelina e mamãe voltaria correndo para San Elmo, para viver sozinha na decrépita casa de telhas de madeira na Pleasant Street, descuidada com as bocas de gás no fogão da cozinha e dada a pegar no sono com a caldeira de aquecimento ligada ao máximo. Meu pai podia não ser um marido exemplar, mas pelo menos tinha suficiente bom senso para reduzir a temperatura da caldeira e abrir uma janela para sobreviver à noite.

E ele? Aonde iria depois de um divórcio?

— Você é o filho mais velho — disse Mario. — Ele é problema seu.

— Isso não pode acontecer — assegurei-lhe, já cansado. — Um marido e uma mulher ligados por 51 anos de casamento são inseparáveis, como gêmeos siameses. Se se separam, morrem, e eles sabem disso.

— Eu lhe disse, ela vai ver o advogado amanhã.

— Não vai acontecer. Ela vai ao advogado, mas será parte do show. Nada sério.

— Ouça, Henry, você tem aquela bela casa em Redondo Beach, todos aqueles quartos, seus filhos já estão criados e saíram de casa, você está em boa situação, tem espaço, e nós estávamos pensando, Stella e eu, se podia nos ajudar até que essa crise passasse, talvez tirar o velho de nossas mãos por alguns dias.

— Fico com os dois.

— Não pode. Estão discutindo um divórcio. Vão brigar o tempo todo. Não é o que você quer.

— Fico com eles, de qualquer maneira, casados ou divorciados.

— Converse com Harriet.

— O que há para conversar? Sou o dono de minha própria casa.

— Só o velho Nick. Me dê sua palavra.

— Mario, este é um telefonema a cobrar. Já estamos falando há uma hora e isso vai me custar muito caro.

Pelo telefone jorrou toda a sua raiva.

— Uma crise como esta e você vem me falar de contas de telefone! O dinheiro é assim tão importante? Não sente nada pela mulher que o trouxe para este mundo, ou pelo homem que o criou com o suor do rosto, comprou seus sapatos e suas roupas, botou pão na sua boca e o mandou para a escola? Acha que seria um escritor hoje não fosse por aquelas duas pessoas maravilhosas? Você sempre foi o número um. E Virgil, Stella e eu? Acha que nos divertimos vendo você sempre o favorito? Acha que eu gostava de ver você com suas camisas e suas meias de bacana? Eu teria vestido suas calças também, só que você é tão baixinho que elas mal chegavam aos meus joelhos. Acha que esqueci quem foi que ganhou a bicicleta? E não fui eu nem Virgil. Tínhamos de dormir juntos, eu e aquele peidorreiro do Virgil. Você não! Nada disso, tinha que ter seu próprio quarto na varanda dos fundos com seus livros e sua máquina de escrever e a lâmpada especial. Não vou esquecer isso, Henry! Nunca esqueço nada! Sei como você vive, seu falso. Deitado naquela praia o dia inteiro, fazendo-se de importante só porque é um escritor, escrevendo mentiras de merda sobre sua família enquanto eu trabalho como um escravo no pátio da estrada de ferro, oito, dez horas por dia, e para quê? Para nada a não ser problemas e dívidas enquanto você está livre e longe de tudo isso, ouvindo as ondas, e quando eu ligo para dizer que sua mãe e seu pai estão se divorciando o melhor que pode fazer é reclamar da conta de telefone. Tudo bem, mano. Por que não morre!

Desligou com um estrondo.

Encontrei Harriet debaixo da coberta na pequena varanda acima da praia. Vagas de bruma se insinuavam sobre a beira-mar como um bando de ursos-polares nômades. A noite estava fria e sem lua; até as estrelas preferiram não aparecer. Enfiei-me debaixo da coberta ao lado dela e relatei a conversa com meu irmão.

— Um viva para sua mãe — disse Harriet. — Devia ter se divorciado do velho safado há cinquenta anos.

— É uma católica devota. Não vai haver divórcio.

— Espero que ela consiga. Pense nisso, livre daquele velho sátiro afinal.

— Harriet, ela tem 74 anos...

— Ela vai ficar bem. Tem Stella e seus irmãos e, é claro, você vai ajudar também. É o seu dever.

— E o que acontece com Nick?

— Que diferença faz? Ele sempre foi solteiro, de qualquer modo.

Fiz uma pausa para pensar numa maneira inócua de dizê-lo, mas não havia nenhuma, portanto falei:

— Estou pensando em trazê-lo para passar uns tempos aqui.

O corpo dela enrijeceu-se debaixo da coberta. Virou-se e estudou-me com um olhar espantado à medida que a palidez roubava a cor de seu rosto. Penetrar nos túneis de seus olhos era como olhar para uma paisagem ártica, congelada e silenciosa, enquanto sua respiração parava.

— Está ficando gelado — disse ela. — Acho que vou preparar uma bebida quente.

Deve ter preparado algumas, pois uma hora depois, quando eu estava sentado diante de minha máquina de escrever, ela surgiu na porta como uma fantasma, vestindo um roupão branco e com um sorriso vacilante, um cigarro em uma das mãos e um drinque na outra.

— Pensando melhor — disse ela, respondendo ao meu olhar —, um divórcio entre sua mãe e seu pai não faz nenhum sentido.

— Claro que não.

— É melhor você ir até San Elmo, Henry. Fale com eles.

— Já tentou conversar com meu pai?

— Com sua mãe. Afinal, a ideia é dela.

— Está mudando de ideia porque não quer meu pai aqui?

— Você está certíssimo. É melhor ir até lá antes que eles façam alguma besteira. Os dois são doidos e você sabe disso.

Harriet tinha razão. Somos um clã impulsivo, imprevisível, dado a decisões bruscas e a remorsos terríveis. Mesmo que minha mãe abrisse mão da ideia de divórcio, meu pai poderia se vingar saindo de casa e chegando sem avisar a Redondo Beach. A severa Harriet atravessou a sala até o telefone, o fio da extensão desenroscando enquanto ela trazia o aparelho até minha mesa.

— Ligue para seu irmão. Diga a ele que está indo.

Disquei para San Elmo. Mario atendeu tão rapidamente que sua mão devia estar sobre o fone, como se esperasse a ligação.

— Que merda você quer agora? — rosnou.

Eu lhe disse que pegaria um avião na manhã seguinte.

— O que é isso, algum truque?

— Nenhum truque. Achei que devia ir até aí, é só isso. Vou pegar o voo das onze. Me encontre em Sacramento ao meio-dia.

— Por que mudou de opinião, Henry?

— Por alguns motivos.

— Harriet? — Mario riu. — Está na cara.

— Meio-dia. Aeroporto de Sacramento.

— Vou estar lá.

Desliguei e olhei para Harriet. Ela sorriu ao aproximar-se. Ficou de pé atrás de mim com os braços ao redor da minha cintura.

— Obrigada — disse ela, enfiando as mãos para dentro de minhas calças. Acariciou-me, enfiou a ponta da língua no meu ouvido, apertou-me com suavidade e afagou-me com dez dedos sábios e evocativos compondo uma fuga para foda em minha flauta e, quando ela sussurrou "Vamos", eu me apressei atrás dela até o quarto, lutando para me desvencilhar dos jeans, receoso de que a música parasse de repente, como acontecera com frequência nesses últimos meses.

Como duas serpentes, nos enroscamos, sua respiração ofegante.

— Faça uma coisa por mim — implorou. E pensando talvez que ela quisesse que eu a devorasse, eu falei:

— Sim, o que você quiser, querida. O que você quiser!

— Quando estiver em San Elmo, prometa que vai fazer uma visitinha a minha mãe. Ela mudou, Henry. Ela gosta de você agora.

Foi o que bastou. A flauta emudeceu, a música parou e eu fiquei furioso.

— Não — falei, afastando-me, saindo da cama.

— Qual é o problema?

Tinha vergonha de contar a ela que a velha amargura ainda me dominava. Como podia um homem maduro, uma pessoa que se supunha compassiva, totalmente nu, virar-se e dizer a sua mulher: "Odeio sua mãe." Vestido eu seria capaz de dizer aquilo; naquela situação, caminhei pelo corredor até o armário de roupa de cama, peguei um cobertor e passei a noite no sofá.

Na manhã seguinte nos cruzamos no vestíbulo.

— Bom dia — falei.

— O que há de bom nele?

Fui ao banheiro fazer a barba. O rosto no espelho era de um lunático foragido. Os dias não traziam mais paz, mas feiura — as veias em meus olhos, o começo das papadas.

Olhei para a cama desarrumada onde nos deitamos numa tentativa frustrada de amor, os travesseiros amassados, os lençóis retorcidos. Lembrei-me de ter visto algo bem parecido no quarto de dormir de meus pais quando tinha sete anos, e de odiar meu pai por aquilo, pelo cheiro acre do seu charuto, por suas calças de operário grotescamente jogadas ao chão, e do desejo de matá-lo.

# 2

Escolhemos ficar em silêncio enquanto eu dirigia para o aeroporto — vinte minutos de óxidos nitrosos fedorentos ao longo da Coast Highway, Harriet mal-humorada e furiosa no canto, fumando um cigarro após outro. Seu jeito de fumar sempre me divertia porque ela não tragava, apenas sugava a fumaça para a boca e a expelia pelo nariz, mas rápido, o cigarro quase pegando fogo.

Em voz baixa, e em tom casual, ela disse:

— Posso lhe contar uma coisa sobre seu pai?

— O quê?

— Algo que nunca lhe contei antes.

— O que é?

— Prometa que não vai passar adiante.

— Ora, porra, Harriet...

— Ele deu em cima de mim.

A revelação não causou nenhum efeito sobre mim — era como dizer que meu pai bebia muito vinho. Olhei direto para a frente, esperando que ela preenchesse a data e a circunstância.

— Ouviu o que eu disse? — perguntou. — Eu disse que Nick Molise, seu pai, deu em cima de mim.

— Ouvi o que você falou.

— Seu filho da mãe lazarento. É tudo o que tem a dizer?

— Quando aconteceu isso?

— No dia do nosso casamento. Na varanda dos fundos da casa de sua mãe.

Aquilo me surpreendeu. O rosto dela estava furioso. Devia estar remoendo aquela coisa há anos. Eu falei:

— Você quer dizer que foi há 26 anos?

— E importa *quando* foi? Aconteceu, e basta. Eu era sua noiva, a esposa do filho dele, no meu vestido de noiva, num dia sagrado da minha vida, e o safado nojento deu em cima de mim. Isso não significa nada para você?

— Lamento, Harriet. Simplesmente não consigo ficar perturbado com isso. Por que não me contou no momento em que aconteceu?

— Para estragar aquele dia adorável?

— Talvez ele não estivesse dando em cima de você. Talvez demonstrasse afeto. Lembro que ele bebeu muito champanhe. Tem certeza? Que tipo de assédio foi?

— Ele beliscou minha nádega.

Era típico de Harriet: era sempre capaz de dizer "foda" ou "merda", mas quando se tratava de "rabo" era sempre "nádega" ou "bumbum".

Eu ri.

— Não foi um assédio, foi um cumprimento. Todos os italianos fazem isso. Eu belisquei seu rabo mil vezes. É divertido.

— Não quero ele em minha casa — grunhiu, o peito arfando. — É um velho sujo e safado com olhos escuros de carcamano que me deixa arrepiada. Não quero ele debaixo do meu teto e isso é definitivo.

Agora o trânsito estava na base do para-choque contra para-choque ao se aproximar do aeroporto. Mal-humorada e perigosa, Harriet explodiu outra nuvem de fumaça de cigarro, seus olhos oblíquos como os de um gato.

— Faça-me um favor quando chegar lá.

— Com todo o prazer.

— Visite minha mãe.

— Nunca.

Encostei na calçada da Western Airlines e desci do carro. Harriet deslizou para o lado do motorista. Beijei seu rosto que parecia uma pedra fria.

— Vai visitar minha mãe, por favor?

— Não.

Ela pisou no acelerador e quase fui decapitado quando o carro se arremessou no meio do trânsito.

# 3

Foi um voo confortável, sereno e reflexivo, subindo o vale de San Joaquin, seguindo o rio, atravessando em baixa altitude fazendas verdes, passando por cidades familiares — Bakersfield, Fresno, Turlock, Stockton —, uma ocasião para tomar boa cerveja e flutuar de volta ao passado, para orientar o espírito à emoção de retornar à casa. Meus pensamentos dirigiam-se a meu pai, pois era um velho agora; seus dias escasseavam e, quanto menos tempo lhe restava, mais rebelde se tornava, ao passo que minha mãe, apesar da visão comprometida, dos dedos reumáticos e das dores nas costas, parecia que estaria conosco ainda por muitos anos.

Meu pai teria sido um homem mais feliz sem uma família. Não fossem seus quatro filhos, teria se divorciado e partido havia muito tempo para outras cidades. Adorava Stockton, que era cheia de italianos, e Marysville, onde a gente podia jogar na loteria chinesa dia e noite. Seus filhos eram os cravos que o crucificavam à minha mãe. Sem filhos, estaria livre como um passarinho.

Não gostava de nós em particular e com toda a certeza não nos amava nem um pouco. Éramos apenas crianças comuns, simples e indistintas, e ele esperava mais. Éramos tarefas a serem cumpridas, não uma rica colheita, nem aspargos, figos ou tâmaras, mas papa menos fina, batatas, milho e feijões, e ele ficou preso àquele fardo, xingando e chutando torrões do solo até que as colheitas amadurecessem.

Era um homem das montanhas dos Abruzos, obstinado e de punhos grandes, baixo, um metro e setenta, largo como uma porta, nascido numa parte da Itália em que a pobreza era tão espetacular quanto as geleiras que a cercavam e onde qualquer criança que sobrevivesse aos primeiros cinco anos viveria até os 85. Claro, não eram muitos os que chegavam aos cinco anos de idade. Ele e minha tia Pepina, agora com oitenta e morando em Denver, foram os únicos dentre os treze filhos que tinham sobrevivido. Aquele modo de vida deu a meu pai sua resistência. Pão e cebolas, ele costumava gabar-se, pão e cebolas — do que mais um homem precisa? Foi por isso que passei minha vida inteira com repugnância a pão e cebolas. Ele era mais do que o chefe da família. Era o juiz, o júri e o carrasco, o próprio Jeová.

Ninguém cruzava com ele sem uma batalha. Desgostava de quase tudo, particularmente da mulher, dos filhos, dos vizinhos, da sua igreja, do padre, da sua cidade, do seu estado, do seu país e do país do qual havia emigrado. Não dava a menor importância ao mundo também, ou ao sol e às estrelas, ou ao universo, ao céu ou ao inferno. Mas gostava de mulheres.

Gostava também do seu trabalho e de meia dúzia de *paisani** que, como ele, eram italianos do molde ditatorial. Era um artífice impecável cuja imaginação e inteligência

*Fante errava muito na ortografia italiana. No caso, o correto é *paesani*. (*N. do T.*)

pareciam centradas em suas mãos maravilhosamente fortes e, embora se chamasse de empreiteiro, vim a encará-lo como um escultor, pois ele podia transformar uma pedra em homem ou besta. Era um pedreiro soberbo, rápido, limpo, bem como um excelente carpinteiro, estucador e argamasseiro.

Sentia grande desprezo por si mesmo, mas era orgulhoso e até preconceituoso. Nick Molise acreditava que cada tijolo que ele colocava, cada pedra que entalhava, cada calçada, parede e lareira que construía, cada lápide de túmulo que criava, pertenciam à posteridade. Tinha uma terrível avidez de trabalho e um olhar amargo para o sol que, a seu ver, se deslocava rápido demais pelo céu. O término de um trabalho trazia-lhe profunda tristeza. Seu amor pela pedra era um prazer mais satisfatório do que sua paixão pelo jogo, pelo vinho ou pelas mulheres. Em geral, trabalhava muito além do horário de saída, até mesmo na escuridão, e tinha má reputação entre os serventes de pedreiro e ajudantes por trabalhar mais do que eles. Estava sempre em conflito com o sindicato dos pedreiros.

A cidade de San Elmo era o seu Louvre, seu trabalho exposto para o mundo ver. Ficava zangado que a cidade não reconhecesse seus talentos. Tivesse o conselho municipal concedido a ele uma medalha ou um diploma, aquilo poderia ter mudado toda a sua vida. Que diabo, todo ano a Câmara do Comércio distribuía comendas para cidadãos notáveis; deram a Cramer, o distribuidor da Ford, um diploma de Homem do Ano; e deram outro a G.K. Laurel, o farmacêutico — por que então não reconheciam o que Nick Molise havia feito pela merda da sua cidadezinha?

Consistente no ganha-pão, meu pai tinha um problema: nunca trazia o pão para casa. O jogo de pôquer no Clube dos Alces lhe sugou milhares de dólares ao longo dos anos. Lembro-me dele contando 780 dólares ao ter completado uma casa de pedra, pilhas de notas de dez e de vinte na mesa da cozinha enquanto ele molhava um lápis com a língua e marcava os números num pedaço de papel. Quando minha mãe pediu dinheiro para comprar mantimentos, ele ofereceu-lhe cinco dólares, o rosto contraindo-se de dor ao enfiar a nota no avental dela. Sua margem de crédito entre os negociantes era uma desgraça, pois nunca pagava suas contas, a não ser quando colocado contra a parede. Não acreditava em bancos. Gostava da sensualidade dos grandes rolos de verdinhas no bolso. Exibia o dinheiro como um figurão, e os predadores nos bares lambiam os beiços, esperando que tomasse um lugar nas mesas de jogo. O Clube dos Alces, o Onyx, o Café Roma, o Kelly's — todos os inferninhos ao lado dos trilhos da ferrovia na Atlantic Street. Nick arrastava-se de um para o outro, tentando virar sua sorte — pôquer nos Alces, vinte e um no Kelly's, *pinochle* no Café Roma e finalmente, até seu último dólar, um joguinho de truco com apostas de centavos no saguão do Elmo Hotel. Tenaz, incansável, esperançoso, ele ficava lá até os bolsos esvaziarem. Então seguia aos tropeços para casa, cansado e alterado pelo vinho, desabando na cama, onde minha mãe arrancava suas roupas e revistava seus bolsos, encontrando pregos, fósforos, um toco de lápis, mas nunca sequer uma moeda de dez centavos.

Na manhã seguinte, ele estava no trabalho uma hora antes de seus colegas chegarem, o suor atravessando a camisa enquanto peneirava areia ou misturava argamassa, ou erguia um cocho de tijolos ao andaime, perigoso como um cachorro raivoso, doente com a náusea de sua própria aflição. Por que essa paixão pelo jogo? Virgil acreditava que vinha de sua pobreza na infância. Mas era uma explicação fácil demais. Eu achava que era sua raiva diante do mundo, seu desejo de triunfar sobre o Sistema, sua percepção de, como imigrante, ser um estrangeiro.

Mas ele nunca teve uma chance, porque era um péssimo jogador, desesperado, atemorizante, jogando um par de dois como se fosse uma mão cheia, nunca recuando, aumentando cada vez mais as apostas até sua última ficha. Claro, a sorte ficava do seu lado às vezes, quando ele ganhava tudo e quebrava a banca. Exultante, rindo, pagava drinques para todos e seguia até Atlantic Street para outro jogo, pois não conseguia largar. Tinha de continuar até sua destruição final, como um homem determinado a sacrificar-se a uma paixão. Muitas foram as noites em que mamãe, sabendo que ele carregava muito dinheiro depois de completar um trabalho, nos mandava à sua procura num daqueles bares. Nunca chegávamos a ele, pois estabelecera uma regra com o dono da casa: seus filhos nunca teriam permissão de entrar na sala dos fundos, onde os jogadores se reuniam.

Às vezes, de noite, depois do jantar, meu pai pegava um de nós que estivesse sentado na varanda da frente; ele atravessava embalado a porta, parando para acender um Toscanelli preto e comprido, e ordenava:

— Ok, garoto. De pé. Vamos lá.

— Aonde?

— Venha comigo.

Descia a rua com passos rápidos enquanto eu me apressava para acompanhá-lo. Era a Grande Excursão, um passeio completo com Nick Molise. Todo mundo participava, menos mamãe e minha irmã. Parece que ele considerava aquilo inapropriado para mulheres.

Naqueles dias, San Elmo era uma cidade de doze mil habitantes cortada ao meio pelos trilhos da ferrovia, o bairro dos negócios e dos aristocratas de um lado, as oficinas e os pátios de manobras dos trens e os proletários do outro. A primeira parada de meu pai era do lado de lá da cidade, na vizinhança dos ricos, onde ficava a biblioteca pública, uma estrutura de tijolos brancos, pura Nova Inglaterra, com quatro colunas de pedra sobre uma cascata de degraus de arenito vermelho.

Parando do outro lado da rua, as mãos nos quadris, seu rosto suavizava com reverência enquanto contemplava o edifício.

— Olha só ela, garoto. Não é bonita? Sabe quem fez?

— Foi você, papai.

— Muito bem. Muito bem, mesmo.

— É uma beleza, papai.

— Vai durar mil anos.

— Pelo menos.

— Olhe aquela pedra, aqueles degraus. Correm como água.

— Beleza.

— Uma coisa louca.

Punha uma das mãos em meu ombro.

— Vamos lá, garoto. Tenho outra coisa para te mostrar.

Então, dois quarteirões pela Maywood, chegávamos à Igreja Metodista, com sua torre de pedra e o campanário aberto, as paredes de pedra cobertas de hera. Cinco minutos de admiração ritualística, olhando para a torre, o ar mágico com a alegria do meu pai, seus olhos dançando sobre o trabalho de suas mãos, o rosto cheio de contentamento.

— Fui eu que fiz — assegurava. — Sim, senhor. Eu que fiz.

— Claro que fez.

Em frente, e apertando o passo de novo, nos seus calcanhares. A prefeitura. O Banco da Califórnia. A Companhia Municipal de Água e Energia, em estilo espanhol, com colunatas em adobe e um telhado de telhas vermelhas. A Funerária Haley. O Teatro Criterion. O quartel dos bombeiros, todo em tijolos vermelhos e imaculado, com espaços de concreto impecáveis. Prosseguindo, até a Escola Secundária de San Elmo, com pausas respeitosas diante de locais de interesse — sinuosos passeios de concreto, bebedouros públicos.

— Pare aí, garoto — ele me interceptava com a mão. — Ajoelhe-se. O que parece isso?

— Calçada.

— Calçada de quem?

— Sua.

— Errado. É do povo. Seu pai construiu para as pessoas conservarem os pés secos.

A escola de San Elmo. Tijolos vermelhos. Imensas escadarias de pedra e as mãos de papai às costas, seus olhos semicerrados através da fumaça do charuto enquanto olhava o que nós garotos chamávamos "a maravilha invisível".

— Notou alguma coisa?

Sacudo a cabeça. Apenas uma desgraçada de uma escola.

— Olhe com atenção. Você não consegue ver, nunca vai conseguir ver, mas vou lhe mostrar.

Meus olhos rolavam até a inscrição na fachada do edifício. ESCOLA SECUNDÁRIA DE SAN ELMO. 1936.

— Não é *isso*! — dizia, incomodado. — Olhe para o edifício! O que tem de especial nele?

— Foi você quem construiu.

— O que mais? O que é que você não vê?

— Como posso saber se não vejo?

— Você pode... use a cabeça.

Eu me deslocava ao longo da parede da escola e tocava aqui e ali examinando-a de fio a pavio, morto de tédio com o seu surto de vaidade, jogando um jogo tolo.

— Não consigo ver nada.

— O que você vê é um edifício que resistiu a quatro terremotos. Agora olhe mais de perto e me diga o que você não consegue ver.

— Pessoas mortas.

Ele sacudia a cabeça desgostoso.

— Seu burro de uma figa! Estou falando de *rachaduras*! Rachaduras de terremoto. Encontre uma só rachadura nestas paredes. Vamos lá.

— Não posso encontrar, porque não tem nenhuma rachadura.

— E então. O que existe nesse edifício que é visível porque você não consegue ver?

— Uma rachadura?

— Por quê?

— Porque foi o senhor quem construiu.

Enfiava a mão no bolso.

— Aqui tem 25 centavos. Não gaste tudo no mesmo lugar.

Eu pegava o dinheiro e corria, finalmente livre.

Em outras ocasiões, era a excursão pelos túmulos do Cemitério Valhalla, logo além dos limites da cidade. Podia acontecer de repente, numa tarde de domingo, uma dolorosa provação se você tinha treze anos e estava escalado para arremessar contra os Nevada City Tigers às duas horas e já era uma e meia e ele estava cego para seu uniforme, sua luva e seus sapatos com cravos na sola, enquanto o acompanhava na visita, sabendo que o campo de beisebol ficava a dez quarteirões do outro lado da cidade.

O Cemitério Valhalla estava entulhado com os anjos de mármore branco de meu pai, suas asas abertas, seus braços e dedos longos estendidos, com soturnos rostos de gavião, numa pose aterrorizante, como abutres protegendo sua carniça. Onde quer que pousassem, a gente tinha a sensação de que já haviam violado as sepulturas.

Na alameda bordejada de ciprestes ficava o enorme busto do prefeito Hal Shriner, severo, com mandíbulas de ferro, o semblante ameaçador e cruel de um político corrupto olhando do alto para você, de um pedestal acima da sepultura rebaixada, seus olhos vazios, alguns cocôs de pássaro sobre seus cabelos de pedra. Meu pai tirava o chapéu e olhava deslumbrado, como um homem encantado pelo *Davi* de Michelangelo, enquanto eu batucava freneticamente na minha luva.

— Faz nove anos que morreu — meu pai divagava. — Agora já se foi todo, acabou. — Seus olhos encontravam os do prefeito. — Olá, prefeito, seu velho filho da mãe. Como é que estão tratando você lá embaixo?

Eu olhava para um mar de lápides e gemia. Ainda parecia haver muitos acres a atravessar. O mundo inteiro se transformara num cemitério. Que maneira de aquecer antes de um jogo de beisebol! Ele sabia por que eu me agitava e atormentava, machucando o cascalho com os cravos do meu sapato, ele *sabia*, mas não ligava a mínima enquanto se deslocava solene pelo caminho que levava à lápide da velha Loretta Stevens, a bibliotecária, esculpida na forma de um livro aberto, suas estatísticas vitais cinzeladas numa página de pedra.

# 4

Meu velho nunca quis ter filhos. Queria estucadores e pedreiros assistentes. Ganhou um escritor, um caixa de banco, uma filha casada e um guarda-freios. De certo modo, tentou moldar seus filhos em pedreiros assim como moldava a pedra: a pancadas. Fracassou, é claro, porque quanto mais batia em nós, mais nos afastava de qualquer amor ao ofício. Quando éramos garotos, Nick Molise foi possuído por um grande sonho, um lampejo de um futuro glorioso acendeu-se no seu cérebro: MOLISE E FILHOS, PEDREIROS.

Nós, seus filhos, tínhamos seus olhos castanhos, suas mãos grossas, sua estatura diminuta e ele pressupôs que fôssemos naturalmente abençoados com a mesma devoção à pedra, a mesma dedicação a longas horas de trabalho extenuante. Imaginava um começo modesto em San Elmo, depois a expansão das operações em Sacramento, Stockton e São Francisco.

O único filho que fez um esforço sério para compartilhar o sonho de meu pai foi Mario, que ensaiou uma tentativa heroica depois de se formar no ensino médio. Como papai lidava com um aprendiz cru e não um membro do sindicato, ele submeteu Mario a um teste além de toda resistência, fazendo-o trabalhar de manhã bem cedo até depcis do pôr do sol, seis dias por semana, com um salário desprezível pago apenas quando lhe dava na telha. Achava que Mario, na verdade, devia trabalhar de graça, apenas pelo privilégio de ter um mestre tão ilustre. O período de aprendizado deveria durar cinco anos, pensou, mas como seu filho era tão estúpido e difícil de instruir, o tempo de treinamento seria estendido para sete anos.

— Ok! — Mario dizia sem parar. — Mas me ensine alguma coisa! Eu podia muito bem estar na penitenciária de Folsom quebrando pedras.

— É essa a ideia — dizia papai. — Primeiro quebramos você, até que não seja mais nada. Depois construímos você, e construímos, até que possa erguer a cabeça e dizer ao mundo que você é um pedreiro de primeira classe, o filho de Nicholas Molise.

— Ora, besteira!

No terceiro mês de aprendizado, Mario recebeu uma oferta para jogar beisebol profissional no São Francisco Seals, da Liga da Costa do Pacífico. Aos dezessete anos já era um extraordinário arremessador e havia feito dois *no-hits** no time da Escola Secundária de San Elmo, sendo a estrela canhota do time da cidade. Jogar beisebol era o único talento que alçava Mario acima da multidão, a paixão da sua vida. Embora formado no ensino médio, ainda era menor de idade, por isso os dirigentes do São Francisco precisavam do consentimento dos pais antes de contratá-lo.

Mamãe estava ansiosa para assinar, mas o velho se recusou. Mario era jovem demais, insistiu, e, além disso, o beisebol era uma maneira tola de ganhar a vida. Em cinco

*No beisebol, é quando não há nenhuma rebatida das bolas lançadas pelo arremessador. (*N. da E.*)

ou seis anos você estava acabado, não era nada, um cavador de valas. Melhor seria ele ter uma profissão honrada, aquela de pedreiro, construindo com tijolos e pedras, do que ganhar dinheiro jogando numa brincadeira de criança sem nenhum futuro.

Deus, que época brutal: lutamos com ele por semanas — Stella, Virgil e eu — implorando para que desse a Mario sua chance, gritando com ele e depois nos recusando a falar com ele. Mas ele era um cabrito maldoso dos Abruzos com chifres em riste e não cedia. Sabia o que era melhor para seu filho e um dia Mario lhe agradeceria. Desnecessário dizer que não havia nenhuma gratidão na alma de Mario, apenas amargura e fúria.

Rangendo os dentes, voltou às pedras e ao cimento, esperando com paciência o dia em que faria dezoito anos e ficaria livre do entrave legal de papai ao seu futuro no beisebol. Mas aquilo nunca aconteceu. Os New York Giants mudaram-se para a Bay Area naquele inverno e os São Francisco Seals deixaram de existir. A grande oportunidade de Mario evaporou-se na confusão. Subitamente ele era um joão-ninguém de novo. É certo que meu pai lhe ensinou os rudimentos de alvenaria, mas ainda era um aprendiz, obrigado a engolir e rastejar segundo a vontade do velho, as sementes do parricídio fermentando em suas vísceras. No momento em que soube que o acordo com os Seals estava acabado, Mario saltou do andaime do prédio que meu pai construía e foi embora. Papai ficou chocado e não perdoou. Durante anos recusou-se a falar com Mario, chegando até a atravessar a rua quando via o filho se aproximar. Na verdade, Mario atravessava a rua quando via o pai se aproximar.

— Ele me abandonou — papai dizia. — Desertou o próprio pai.

Nas tardes de domingo no verão, meu pai sentava-se nas arquibancadas, hostilizando Mario enquanto ele arremessava como semiprofissional para o time da cidade contra Marysville, Yuba City, Grass Valley, Auburn e Lake Tahoe. Cheio de cerveja naquelas tardes quentes, ele era uma torcida do eu-sozinho, conclamando a oposição a trucidar sua própria carne e sangue.

— Acabem com ele! Estourem seus miolos! — berrava para os rebatedores que enfrentavam Mario.

Sentei-me com o velho num jogo crucial entre San Elmo e Yuba City. Na nona entrada, com o placar empatado, Mario rebateu um *home run** para conquistar o campeonato da liga. Quando circundava a terceira base sob as aclamações da torcida local, meu pai enraivecido partiu da arquibancada e derrubou o sorridente Mario, justo quando cercava a terceira base. A polícia o arrastou para fora do estádio e Mario levantou-se e trotou para completar sua corrida vitoriosa.

---

**Home run* é o nome da manobra em que o batedor rebate a bola para fora dos limites do campo e consegue completar as quatro bases na mesma jogada. (*N. da E.*)

# 5

O jato pousou na pista de Sacramento no horário previsto e os passageiros desataram seus cintos de segurança. Fui o primeiro a desembarcar no momento em que uma rajada de calor de setembro bafejava da pista de concreto, o ar tremeluzente como uma tela de televisão fora de foco. Eu tinha esquecido o calor do Vale de Sacramento. Agora sabia que estava de novo em casa.

Meu irmão Mario não estava no portão de chegada, onde poucas pessoas se juntavam para receber o voo de Los Angeles. Entrei no terminal refrigerado e sentei-me para esperar. Depois de quinze minutos, caminhei até o estacionamento e procurei o caminhão de Mario. Não havia sinal dele e o calor era opressivo. Enfiei-me de novo no salão de espera, encontrei o bar refrescante e sombreado e pedi cerveja. Por volta de uma e meia comecei a duvidar que Mario fosse aparecer. Disquei para sua casa em San Elmo e sua mulher Peggy atendeu. Sua voz sempre tivera a qualidade ofegante de uma mãe correndo atrás dos filhos.

— Quem você disse que é?

— Henry Molise. Seu cunhado.

— Ora, pelo amor de Deus. Henry Molise! O que o traz aqui, Henry? Ainda está escrevendo aqueles romances de merda? O último me fez vomitar. Queimei para que as crianças não fossem contaminadas. Meu Deus, que maneira de ganhar a vida! (O romance tratava de um jovem guarda-freios que abandonava a mulher e os filhos por uma carreira no beisebol. Não tinha jeito de Peggy gostar.)

— Mario está aí, Peggy?

— Talvez. Por quê?

— Quero falar com ele.

— É o seu irmão bacana — eu a ouvi gritar. — Quer falar com ele?

Havia um barulho ao fundo, algum tipo de evento esportivo na televisão. Depois de muito tempo, o volume de ruídos de multidão foi reduzido e Mario falou.

— Olá, Henry. O que é que há? Está vendo o jogo?

— Jogo? Que jogo? Você devia me encontrar no aeroporto.

— Esqueça. Não venha. Ia telefonar para você. Eles fizeram as pazes. Toda aquela conversa de divórcio não significava nada.

— Seu imbecil! Por que não me avisou?

— Ia avisar, Henry. Acabei esquecendo.

— Venha me pegar.

— Pegar você? Onde está?

— No aeroporto de Sacramento.

— Quer dizer que acabou vindo?

— Como poderia estar no aeroporto de Sacramento se não tivesse vindo? Eu voei, Mario! Estou aqui, numa cabine telefônica, falando com você. Venha me pegar!

Ele gemeu.

— Não posso, Henry. É Giants contra Dodgers. Bobby Murcer está no taco e já rebateu duas. Pelo amor de Deus, Henry, vá a algum lugar e encontre um aparelho de televisão! Rápido! O jogo começou há pouco!

— Seu rato!

— Desculpe, Henry. Escute só: tem um ônibus para San Elmo às cinco. Eu pego você na rodoviária.

Lutei para me controlar.

— Não quero ver você de novo pelo resto da vida — disse a ele. — Mas, ouça, me faça um favor. Não diga a papai e mamãe que estou chegando. Não quero que me esperem na rodoviária. Não quero nenhuma parte dessa comédia. Certo?

— Que merda — disse ele. — Murcer rebateu pra fora.

Desliguei e voltei ao meu poleiro no bar, deprimido, frustrado. Mario era um desastrado nato. Não admira que meu pai sempre ficasse insatisfeito com ele, sempre o menosprezasse.

A voz no serviço de alto-falantes anunciou o próximo voo para Los Angeles. De repente tive uma premonição de problemas terríveis em San Elmo e decidi voar de volta para casa. Entretanto, enquanto me apressava na direção do portão de embarque, mudei de ideia. Tinha vindo tão longe, por que não continuar mais trinta quilômetros e completar a viagem? Eu devia isso a meus pais, ainda que por apenas algumas horas.

O ônibus do aeroporto me levou a Sacramento, onde fui ver um filme, fiz hora numa livraria, parei num bar para tomar uma cerveja e matar tempo com uns joguinhos no fliperama e por fim peguei um ônibus para San Elmo. No balanço geral, um dia mais produtivo e recompensador graças a meu irmão cabeçudo que não só tinha provocado a viagem, mas também me deixado a descoberto no final dela.

Entrando em San Elmo pela Main Street, dava para ver que a cidade tinha mudado, agora que a Rodovia 80 até as Sierras se afastava da cidade três quilômetros ao norte. San Elmo estava isolada, sua linha vital cortada, e a cidadezinha agonizando. Excetuando poucos carros estacionados diante do Safeway e do Penney's, o tronco principal estava deserto. O Bilhar Acme, onde muito de minha educação inicial para a vida foi adquirido, estava fechado. Também o Cine Ventura, onde eu via cada filme da Elizabeth Taylor pelo menos quatro vezes.

O ônibus virou à direita deixando a Main Street, depois seguiu por uma transversal até o interior da rodoviária. Desembarquei com dois chicanos e os segui para dentro do terminal (antes era uma loja de roupas), que tinha alguns bancos de madeira de frente para as vitrines que davam para a rua. O guichê de passagens estava aberto, mas a rodoviária estava sem atendimento. Havia só duas pessoas naquele lugar desolado. Uma era minha mãe, sentada num banco perto da vitrine, e a outra era meu pai, sentado em outro tão distante dela quanto possível.

Ambos me viram ao mesmo tempo. Minha mãe falou primeiro, gritando "Henry, meu filho!" e estendendo os braços.

Embora fizesse um calor terrível no final de tarde, ela vestia um pesado casaco preto com gola e bainha revestidas de pele. Eu conhecia aquele casaco — a garotada lá de casa o chamava "o casaco do Colorado" —, uma roupa usada, sobra de tia Carmelina trinta anos atrás, um casaco berrante, quase de puta, envolvendo absurdamente minha pequena mãe de cabelos grisalhos. Por baixo ela usava um vestidinho caseiro de pano de algodão listrado. Apertei-a em meus braços e beijei seu rosto quente e senti o cheiro dos temperos italianos sempre presente em seus cabelos.

— Graças a Deus! — desabafou ela, agarrando-se a mim. — Obrigada, meu Deus! Tudo o que eu queria era ver meu querido filho uma última vez.

De repente, seu corpo tremeu e então se largou subitamente em meus braços, a cabeça jogada para trás, os olhos fechados. Ela só pesava 45 quilos, mas era um peso morto e difícil de controlar e eu me debati com ela, gritando a meu pai para que viesse ajudar.

— Larga ela — rosnou ele, um pequeno charuto preto na boca. — Deixa cair no chão.

Mas ele veio rápido até nós, pegando-a como um saco de batatas e arrastando-a até um banco, resmungando "Filha da mãe de mulher, por que alguém não livra ela da sua desgraça?" Manchas vermelhas de raiva inflavam seu pescoço e a fumaça do charuto preto irritava seus olhos.

Mamãe ficou deitada como que inconsciente, olhos fechados, boca aberta, uma mão pudica puxando o vestido para abaixo do joelho. Suas meias eram presas por ligas usadas nas mangas de camisa. Eu as reconheci: eram sobras do guarda-roupa do velho.

— Não é nada — papai disse. — A mesma coisa de sempre. Absolutamente nada.

— Água — gemeu mamãe.

Olhei ao redor procurando um bebedouro.

— Não tem água por aqui — disse papai.

Corri para a Main Street e, quatro portas adiante, no Colfax Café, pedi à garçonete um copo de água. Quando voltei à rodoviária minha mãe estava sentada, o rosto para trás, enquanto meu pai irritado socava o lado de sua própria cabeça. Coloquei o copo de papel nos lábios de mamãe e ela sorveu a água em pequenos goles, como um gatinho. Reanimou-se com uma rapidez notável. Logo sorriu com olhos castanhos alertas enquanto me estudava.

— Você não parece bem, Henry. Ela não está te tratando bem?

— Ela me trata muito bem, bem mesmo. Está se sentindo melhor agora?

— É o meu coração, Henry. Não vai demorar muito. Estou pronta para partir a qualquer hora. Tive uma vida horrível. Ele me chutou. Ele me esganou. Virou um animal selvagem. Você não sabe o que tenho aguentado. Ele é um estranho, Henry. Tenho medo de ir para a cama à noite.

Papai desabou no banco e deixou o corpo cair flácido, sacudindo a cabeça com um ar cansado enquanto olhava para o assoalho de madeira nua. Olhei para ele com piedade e nossos olhares se cruzaram.

— Você não sabe, garoto — disse ele. — Nunca vai saber a metade disso.

Aquilo provocou um gemido em minha mãe. Peguei na sua mão quente e seca.

— Descanse um pouco. Vou chamar um táxi.

Ela sacudiu a cabeça.

— O táxi custa cinquenta centavos.

— Os táxis deixaram de circular há dois anos — disse papai.

— Chame Stella — falei para ele. — Ela virá em seu carro.

— Não tem nada de errado com essa mulher. Deixe que ela caminhe.

Falou baixo e com sinceridade, eu tinha certeza, mas era cruel de qualquer modo, pois uma velha senhora tinha direito a seus caprichos, especialmente minha mãe, que não tinha muito mais. Ela esforçou-se para ficar de pé.

— Vou tentar — disse.

Coloquei os braços em volta dela.

— Não consigo — suspirou, arriando no banco de novo.

— Ela está mentindo — disse papai.

— Mas que porra! Ligue para Stella!

Seu rosto deu sinais de constrangimento. Por mais grosso que fosse em relação aos outros, não era capaz de aguentar quando alguém falava duro com ele. Seu bigode estava branco agora, seus cabelos grisalhos acastanhados como folhas de outono. Tinha as bochechas rubras de um inveterado bebedor de Chianti e seus olhos castanhos tinham uma teia de minúsculas veias vermelhas. Depois de um momento de silêncio sorumbático, caminhou até o telefone público pregado na parede, deslocando-se rápido, mas mancando de leve, como se a dor pinicasse as solas de seus pés. Embora ainda parecesse muito forte, a pátina de vitalidade tinha sumido dos seus movimentos. Havia perdido peso e o fundilho de suas calças cáqui estava tristemente arriado.

Enfiou uma moeda no telefone e começou a discar, ao mesmo tempo estendendo os dedos médio e indicador para minha mãe, um gesto camponês de má vontade.

Observando-o, ela sussurrou.

— Posso lhe contar uma coisa, Henry?

Vi seus olhos brilharem com esperta inocência.

— Sim?

— Seu pai está perdendo o juízo.

Eu disse que não pensava assim, que ele era o mesmo.

— Stella não responde — disse papai do telefone.

A moeda foi inserida de novo e ele recomeçou a discar. De repente, passou a berrar, sua boca como a de um buldogue, rosnando no aparelho, brandindo o punho para enfatizar suas ameaças.

— Vou matar você! — gritou. — Vou quebrar cada osso em seu corpo. Estou avisando, fique longe!

Era loucura, um frenesi total.

— Está vendo? — disse minha mãe, satisfeita.

Certamente não era maneira de falar com a própria filha. Fui até o telefone e tirei o receptor de sua mão.

— Alô, Stella.

Não era Stella. Era Mario. Ele e meu pai estavam tendo seu costumeiro discurso escolástico.

— Por favor, Henry — implorou ele. — Coloque uma focinheira naquele cachorro louco. Tudo o que eu disse foi que não podia sair agora. Está no final da sétima entrada, Henry, e os Giants têm dois homens na base. Oh, céus, cara! Matthews está na segunda, Rader está na terceira e Murcer está entrando na caixa do rebatedor. Oh, meu Jesuscristinho, é agora ou nunca! Não posso sair, Henry, me desculpe... me desculpe.

— Você ainda está vendo a porra do mesmo jogo? — gritei.

— É fantástico! É o fim do mundo! Adeus, Henry — e desligou.

Virei para meu pai. Ele acendia um toco de charuto. Jogou fora o fósforo com irritação.

— Meu filho Mario! — resmungou; e então se virou para mamãe: — Está pronta para voltar para casa agora por seus próprios pés?

— Vamos todos voltar para casa — disse ela jovialmente, examinando a sala com ar de celeiro. — Onde está o toalete? — Ela viu a porta assinalada e caminhou até lá sem um traço de fadiga.

Papai observou-a entrar.

— Não demora muito, agora — refletiu. — Dou a ela um ano no máximo.

— Do que está falando?

Ele apertou um dedo contra a têmpora.

— Sua cabeça. Está maluca.

— Vocês dois estão malucos.

Ele afastou o pensamento como se espantasse uma mosca.

— Onde está sua mala?

— Não trouxe mala. Vou voltar esta noite.

Seus olhos vermelhos pareceram pegar fogo.

— Não, você não vai. Vai ficar mais um pouco.

— Não posso. Tenho que trabalhar.

— Trabalhar? Você? Que trabalho?

— Meu livro.

Ele rosnou.

— Livro! Você chama isso de trabalho? — Jogou o charuto numa escarradeira e errou. — Então vá. Saia daqui. Pegue o próximo ônibus. E não volte mais.

Girou nos calcanhares e partiu para a porta. Corri atrás dele.

— Espere. Vou ficar até amanhã.

Peguei no seu braço, mas ele me repeliu e foi embora, passando rápido pela janela da frente e descendo a rua enquanto mamãe saía do banheiro. Ela teve um lampejo do marido atravessando a rua às pressas.

— Ele está zangado com o que agora?

Contei a ela.

— Ele falou alguma coisa do emprego?

— Emprego?

— Ele sabe. Deixe que conte para você.

Parecia sigiloso, misterioso, conspiratório, mas ela não disse mais ao pisar na calçada. Eu a acompanhei pela rua quente até o cruzamento com o banco na esquina. Ela me puxou até uma janela com vidro laminado e apontou para uma escrivaninha, a escrivaninha de meu irmão Virgil, com seu nome numa placa de bronze: VIRGIL T. MOLISE — EMPRÉSTIMOS. Àquela hora o banco estava fechado.

— Veja como ele é ordeiro — disse ela. — Como mantém limpa sua escrivaninha. Um menino tão bom.

— Ele sempre foi um menino ordeiro — falei. Quase acrescentei que sempre foi também um pentelho.

Atravessamos a rua. Ela suava e eu a fiz tirar o casacão de puteiro. Carreguei-o pendurado no braço.

— Preparei um belo jantar para você — disse ela. — Berinjela cozida com ricota, *gnocchi di latta* e vitela. Lembra da berinjela? É sua favorita.

— Sabia que eu vinha?

— Mario telefonou.

Ora, aquele Mario!

Ela andava com passinhos rápidos, ficando perto da fileira de lojas no lado sombreado de Lincoln Street. Pouquíssimas pessoas estavam na rua naquele calor infernal. Até o saguão do Hotel Ritz, onde ferroviários gostavam de fazer hora em poltronas de couro, estava deserto. Uma cidade doente. Tinha-se a impressão de que escavadeiras espreitavam nos limites da cidade, esperando pelos estertores.

— Faça seu pai ir ao médico — disse ela. — Na idade dele nunca se sabe.

— Ele parece ótimo. Mais magro, mas isso é bom.

— É vinho demais. Vai e volta a noite inteira do banheiro. Comprei um pouco de mozzarella. Amanhã vou fazer uns croquetes. Mario adora.

Atravessamos os trilhos da ferrovia para o outro lado de Atlantic Street, a parte mais velha da cidade, com armazéns de tijolos podres, uma rua com algumas lojas chinesas, uma lavanderia, um restaurante e uma loja de aviamentos. O Café Roma era o último local na rua sem saída.

— É lá que ele está — disse ela, olhando para a fachada com a testa franzida. — Tem uma *puttana* no andar de cima.

— Sério?

Havia sempre prostitutas no andar de cima do Café Roma. Depois que terminei o ensino médio, eu ia sempre lá e adorava, em especial nas tardes de chuva no inverno, colocava músicas no jukebox e jogava baralho a troco de ninharia com as garotas.

Eu estava lá uma noite quando uma grande comoção agitou a escada e ouvi meu pai berrando enquanto a madame e três putas o jogavam no beco por estar bêbado, inconveniente e sem dinheiro. Senti vergonha dele naquela noite e quando a madame me perguntou se eu conhecia o homem, eu disse que não, que não conhecia o homem, que nunca o vira mais gordo na minha vida; um carcamano maluco, falei, a cidade está cheia deles, cheia deles, e era possível ouvir meu pai no beco, gritando diante da janela: "Vou chamar a polícia! Vocês vão ter que fechar a casa!"

Sim, eu sabia muita coisa do Café Roma e dos quartos no andar de cima. Ainda podia ver os colchões nus nos catres e sentir o cheiro dos quartos frios e carentes de amor e lembrar das mulheres tristes, alquebradas e estúpidas, pois San Elmo estava num circuito de prostituição que incluía Marysville, Yuba City e Lodi, e quando o sindicato mandava uma prostituta para San Elmo ela devia ser uma porca, incapaz de trabalhar até em Yuba City, que era seguramente o fim do mundo.

Olhando para o cartaz em néon que piscava CAFÉ ROMA acima da casa, os olhos de minha mãe aqueceram-se com probidade cristã.

— Graças a Deus que vocês todos se casaram. Assim ficam longe desses lugares.

Eu ri e a beijei por essa ultrajante ingenuidade.

— Vá para casa agora — falei. — Vou buscar papai.

— Não brigue.

— Não vou brigar.

— Amanhã vou fazer para você um gostoso *fritto misto con scampi* e couve-flor.

— Delícia.

— Ainda gosta de repolho fresco?

— Adoro.

— Vamos ver. Quem sabe depois de amanhã. E no domingo ravióli.

Ela planejava tudo na sua cabeça, deliciosos pequenos esquemas para me prender ali. Observei-a afastar-se com seus passinhos rápidos carregando seu casaco com debruns de pele.

# 6

A única mudança no Café Roma em um quarto de século foi a clientela. Os velhos de quem me lembrava estavam plantados no cemitério, substituídos por uma nova geração de velhos. Fora isso, as coisas seguiam como de costume. O longo bar de mogno era o mesmo, e também as empoeiradas bandeiras italiana e americana salpicadas pelas moscas acima delas. Um toque de modernidade era exibido acima do bar, uma foto ampliada de Marlon Brando como o Chefão, mais de um metro quadrado, numa moldura de filigrana dourada.

O mesmo ventilador de hélice zumbia do teto, girando com uma lentidão suficiente para não perturbar o ar quente, com moscas desportistas pousando sobre as pás, aproveitando uma volta ou duas, e depois saltando fora. Venezianas verdes sobre as janelas da frente davam ao interior escuro uma ilusão de frescor, assim como a fragrância da cerveja de barril. Mas esse aroma era apunhalado pela pungência do forte cheiro do azeite de oliva e do queijo parmigiano rançoso misturado com o odor penetrante da camada profunda de serragem fresca sobre o assoalho.

Algo mais havia mudado: quando eu era garoto, os frequentadores do Café Roma só falavam italiano. Agora a nova raça de velhos safados falava inglês, o inglês das ruas, mas inglês de qualquer maneira.

Oito ou nove deles se debruçavam sobre uma mesa de feltro verde nos fundos. A lâmpada baixa iluminava cinco jogadores de cartas sentados em volta de uma mesa, os outros estavam de pé ao redor, espiando e peruando. Meu pai era um dos espectadores. Era um bando excêntrico, irascível e rancoroso de beneficiários do seguro-desemprego, velhos canalhas maldosos, amargos e intensos que rosnavam, mas se deleitavam no seu humor cruel, na sua profanação e no seu companheirismo. Nenhum filósofo aqui, nenhum oráculo idoso falando das profundezas da sua experiência de vida. Simplesmente velhos matando o tempo, esperando que o relógio andasse. Meu pai era um deles. Aquilo me chocou. Nunca pensei nele daquela maneira até que o vi com os de sua própria espécie. Agora ele parecia ainda mais velho do que os velhinhos ao seu redor.

Cheguei-me ao lado de papai e disse:

— Olá.

Ele grunhiu. O careca que comandava o baralho nunca tirava os olhos das cartas enquanto falava com meu pai.

— Amigo seu, Nick?

— Não. Esse é meu filho Henry.

Reconheci o jogador que dava as cartas: Joe Zarlingo, um maquinista aposentado da ferrovia. Embora não operasse um trem havia dez anos, ainda vestia macacão listrado e um boné de maquinista e exibia todo tipo de canetas e lápis coloridos no bolso do peito, como indicação de que era um homem muito ocupado.

Olhei à minha volta e disse "Olá" para todo mundo e dois ou três responderam com grunhidos preocupados, sem se dar o trabalho de olhar para mim. De alguns eu me lembrava. Lou Cavallaro, um guarda-freios aposentado. Bosco Antrilli, antigo chefe do escritório telegráfico, pai de Nellie Antrilli, que eu seduzi em cima de um formigueiro num campo ao sul da cidade na calada da noite (não tínhamos visto o formigueiro e Nellie e eu, totalmente vestidos, começamos a arrancar nossas roupas quando as formigas zangadas nos atacaram). Pete Benedetti, antigo chefe do Correio. O jogo terminou, as fichas foram recolhidas e por fim os jogadores se deram tempo para me estudar enquanto Zarlingo embaralhava as cartas. Não ficaram impressionados.

— Qual deles é esse, Nick? — perguntou Zarlingo.

— Escreve livros.

Zarlingo olhou para mim.

— Livros, hein? Que tipo de livros?

— Romances.

— De que tipo?

— Tire o dedo do rabo e dê as cartas — disse Antrilli.

— Vai se foder, seu merda — Zarlingo deu o troco.

A blasfêmia embaraçou meu pai, pois na sua cabeça eu ainda tinha catorze anos, o garoto que ele arrastava em seus passeios, e queria me proteger da vulgaridade de seus amigos mais maduros. Ele sussurrou "Vamos lá" e me puxou para fora dali e eu o segui na trêmula luz do sol.

— O que está fazendo por aqui? — perguntou. — Não é lugar para você.

— Ora, papai, tenho cinquenta anos. Já ouvi de tudo. Vim lhe dizer que vou ficar na cidade por um tempo.

Era como enfiar uma vara numa casa de marimbondo. Ele me estudou com seus olhos avermelhados.

— Faça como quiser, mas não quero nenhum favor. Não preciso de favores de gente como vocês. Comecei a trabalhar aos oito anos. Eu botava pedras nas ruas de Bari vinte anos antes de você nascer, por isso não pense que não posso fazer sozinho.

— Fazer o quê?

— Deixa para lá.

Ergui as palmas das mãos.

— Ouça, papai, não fique chateado. Vamos sair desse calor e conversar.

Suas mãos mergulharam num bolso e no outro até que ele achou — o toco de um charuto preto. Riscou um fósforo na coxa e acendeu o charuto, uma nuvem de fumaça branca cobrindo seu rosto.

— Ok. Vamos falar de negócios.

— Negócios?

Eu o segui para dentro do Roma até o bar. Não tinham nenhum destilado, apenas cerveja e vinho. O barman era o homem mais jovem do local, um garoto de cerca de 45 anos, com cabelos chegando à nuca e bigodes que se estendiam até a bochecha como quartos de lua.

— Frank — papai disse. — Este é meu filho. Dê uma cerveja para ele.

Para mim ele disse:

— Este é Frank Mascarini.

Frank encheu um caneco com cerveja tirada de um barril. Serviu a meu pai uma jarra de clarete Musso de um dos barris de vinho abaixo do balcão. Papai pegou sua jarra e um copo, eu o segui com o caneco e nos sentamos. Sorveu seu vinho pensativamente. Não sei o que se passava em sua cabeça, mas ele se preparou com cuidado para falar.

Por fim disse:

— Tenho uma chance de ganhar dinheiro de verdade.

— Fico feliz em saber.

Era um homem pobre, mas não um mendigo. O seguro social e os cheques meus e de Virgil cobriam seus gastos e os de mamãe. Levavam uma vida frugal, mas boa, pois minha mãe era capaz de fazer uma refeição com água quente e um osso, e dentes-de-leão eram de graça em qualquer terreno baldio.

— Qual é o trabalho?

— Uma casinha de pedra, um defumador nas montanhas.

— Pode dar conta dele?

Riu de uma pergunta tão boba.

— Aos catorze anos eu construí um poço nas montanhas dos Abruzos. Atravessando rocha sólida. Dez metros de profundidade e três metros de largura. Água fresca da fonte. Fiz sozinho. Carreguei pedras para fora do buraco, depois carreguei para dentro. Trabalhei com água até o rabo. Levei três meses. Ganhei cem liras. Sabe quanto era isso naquele tempo? Quarenta e cinco centavos. Salários de quinze centavos mensais. Agora eu tenho uma chance de ganhar 1.500 dólares em um mês e você quer saber se eu dou conta do recado!

Isso o divertiu. Deu uma risada.

— Claro que posso dar conta. Só preciso de uma pequena ajuda.

— Papai, o senhor é um mentiroso. Ninguém trabalha por quinze centavos mensais.

Seu punho bateu na mesa.

— *Eu* trabalhei. E vou lhe contar uma coisa. Economizei metade do que ganhei.

— E o que fez com a outra metade?

— Esbanjei. Joguei. Fiquei bêbado. Dormi com uma mulher ou outra.

Tomou dois longos tragos do clarete* Musso enquanto eu o estudava. Não havia dúvida quanto aos anos do homem, especialmente seus olhos. O brilho deles desaparecera, como que por trás de uma película amarelada e uma trama de pequenas veias vermelhas.

---

*Vinho tinto de cor vermelho-clara e sabor suave. (*N. da E.*)

Eu disse:

— Papai, acho que o senhor não deveria pegar esse trabalho.

— Quem diz isso?

— O senhor é velho demais. Vai ter um derrame ou um ataque do coração. Isso vai acabar com o senhor.

— Minha mãe tinha 94 anos quando morreu. Meu pai, 81. Tudo o que eu preciso é de um bom ajudante, alguém que saiba misturar argamassa e carregar pedras.

— Tem alguém em vista?

Bebericou o clarete.

— Sim.

— É confiável?

— De jeito nenhum, mas você tem de pegar o que aparece.

Percebi quem ele tinha em vista.

— Papai — sorri. — O senhor perdeu o juízo.

— Quanto tempo pode ficar?

— Um ou dois dias.

— Podemos fazer o serviço em três semanas.

— Impossível.

— Trabalho fácil. Uma casinha de pedra em Monte Casino. Três metros por três metros. Sem janelas. Uma porta. Eu faço as paredes, você mistura a argamassa, carrega as pedras. Um belo lugar. Terra boa. Floresta. Árvores grandes. Ar de montanha. Vai fazer bem para você. Vai perder a gordura.

— Gordura? Que gordura?

— Gordura. Fora de forma. Pago dez dólares por dia. Cama e comida. Sete dias por semana. Vamos sair de lá em duas semanas se você não perder tempo ou me deixar. Quer o emprego? É seu. Mas lembre quem é o patrão. Eu planejo a coisa.

— Papai, quero que ouça com atenção o que vou dizer. Quero que o senhor fique calmo e seja sensato. Meu negócio, como sabe, é escrever. Seu negócio é construir coisas. Tudo o que sei fazer é enfileirar uma palavra depois da outra como contas num colar. Tudo o que o senhor sabe é empilhar uma pedra sobre outra. Não sei como colocar tijolos ou misturar argamassa. Não quero saber. Tenho coisas a fazer. Tenho um compromisso. Um compromisso é um contrato. Existe um homem em Nova York, um editor, que está me pagando para escrever um livro. Ele está à espera desse livro. Já o espera há mais de um ano. Está perdendo a paciência. Manda-me cartas zangadas. Telefona e me xinga com palavrões. Ameaça me processar. Entende o que estou dizendo, papai?

— Vou lhe dizer uma coisa sobre Monte Casino — falou. — Você vai se sentir melhor. Vai ficar mais saudável. Está se preocupando com o quê? Falei alguma coisa sobre não escrever? Traga lápis e papel. Peça a mamãe. Ela tem um monte de papel na despensa. Escreva a hora que quiser. Escreva alguma coisa sobre as montanhas. Escreva à noite, depois do trabalho. É quieto lá em cima. Conhece as corujas? Vai poder ouvir as corujas. E os coiotes. Paz, silêncio, purificam a mente. Vai escrever melhor.

Eu gemi.

— E Garcia, seu velho carregador de pedras?

— Morreu.

— E Red Griffin?

— Morreu.

— Aquele negro, Campbell.

— Morrendo.

— Tem que haver alguém vivo por aqui além de mim! Tem que haver!

— Já se foram, todos se foram.

— E Zarlingo, ou Benedetti, ou um daqueles vagabundos na mesa de jogo?

— São muito velhos. Benedetti tem oitenta anos.

Um suspiro, como um suspiro vindo do fundo de séculos, saiu de seus lábios úmidos de vinho. Parecia desabar, como se os ossos do seu esqueleto estivessem se desfazendo sob o peso do desespero, seu queixo pousando no peito.

— Ninguém quer trabalhar para Nick Molise — disse. — Venho procurando há duas semanas e não consigo encontrar ninguém. Nem mesmo meu próprio filho — esforçou-se para conter um soluço.

— Deus do Céu, papai, não comece a chorar.

— Dez, vinte gerações de pedreiros, e eu sou o último, o fim da linha, e ninguém liga a mínima, nem mesmo minha própria carne e sangue.

Era o momento para usar a razão, a paciência e palavras suaves, para contenção, bondade e caridade e generosidade filial. Pedi a papai que me perdoasse. Disse que havia coisas que eu não pediria a ele para fazer e que havia outras coisas que ele não deveria pedir para eu fazer. Disse que nada tinha contra misturar argamassa ou colocar uma pedra. Que a alvenaria era uma profissão honrada, o melhor registro da nobreza e da aspiração da humanidade. Falei com gratidão da Acrópole, das Pirâmides, dos aquedutos romanos e das ruínas astecas. Então comecei a ficar incomodado com esse velho irascível e teimoso e minha impaciência desandou e a impulsividade dos Molise tomou conta de mim, a truculência, o mau gênio e a exaltação.

— Francamente, meu velho — falei —, eu odeio o setor da construção. Eu o odeio desde que eu era um garotinho e o senhor voltava para casa com argamassa salpicada em seus sapatos e em seu rosto. Acho que pintores e pedreiros são bêbados e que encanadores são ladrões. Acho que carpinteiros são canalhas e que eletricistas são assaltantes de rua. Não gosto de laje, mármore, granito, tijolo, cerâmica, areia ou cimento. Não me interessa ver uma lareira ou parede de pedra, ou degraus de pedras ou simplesmente pedras espalhadas num campo e, se quiser a verdade nua e crua, estou me lixando para mestres pedreiros também. — Tomei fôlego, fundo. — E tem mais: não gosto de montanhas, florestas, corujas e ar de montanha, coiotes e ursos. Nunca vi um fumeiro de pedra na minha vida e, se Deus quiser, nunca verei um, ou construirei um.

Quanto mais eu gritava e batia os punhos na mesa, mais ele bebia e, quanto mais bebia, mais lágrimas jorravam de seus olhos. Puxou do bolso um lenço de bolinhas, assuou o nariz e emborcou outro trago de vinho. Era deplorável, miserável, embaraçoso, revoltante, desavergonhado, estúpido, grosseiro, feio e bêbado — o pior pai que um homem podia ter, tão asqueroso que cuspi minha cerveja na escarradeira e levantei-me para ir embora.

Dos fundos do bar veio o urro de uma voz, o rugido de um touro falando como um homem.

— Espere aí, seu espertinho. Com quem pensa que está falando?

Virei-me. Os frequentadores do Café Roma me fuzilavam com seus olhares frios e amorfos, seus rostos repelindo a presença de um estranho em seu meio. Zarlingo levantou-se. As muitas canetas e lápis em seu bolso eram como condecorações de batalha de um coronel.

— Aquele homem é seu pai — declarou Zarlingo, apontando para papai. — E ele é meu amigo. Mostre algum respeito, por favor!

— Não é da sua conta.

Cavallaro levantou-se, ameaçador, empurrando sua cadeira para trás.

— Precisa de ajuda, Nick? Quer que eu dê um jeito nesse fedelho?

— Tudo bem — balbuciou papai, a voz trêmula. — Estou bem, rapazes. Apenas cansado, só isso. Muito cansado. Sozinho no mundo. Tentando fazer a coisa certa. Você faz o melhor por sua família. Dá comida para ela, compra roupas, manda para a escola e então eles se revoltam e o jogam para fora. Não sei o que aconteceu... o que fiz de errado. Talvez o problema é que fui bom demais. Não sei. Que Deus me ajude. Tentei. Tentei de verdade...

Eu disse:

— Ora, porra — e segui em frente.

# 7

A meio quarteirão da casa de meus pais na Pleasant Street já se sentia o aroma da cozinha de mamãe. A cena vergonhosa no Café Roma desapareceu no odor delicioso de manjericão, orégano, alecrim e tomilho.

Subitamente uma figura saiu em disparada pela porta da frente, desceu depressa os degraus da varanda e correu até uma caminhonete junto ao meio-fio.

— Mario! — gritei. — Mario, espere!

Pode ter me ouvido ou não enquanto dava a partida no motor e engrenava o caminhão barulhento para longe sem olhar para mim. Atravessei o jardim até a varanda. Minha mãe estava atrás da porta de tela, seus cabelos prateados num coque bem-arrumado, seu avental limpo e branco, seu rosto reconfortado pela felicidade e por um fogão quente. Naquela altura o caminhão de Mario já estava a dois quarteirões de distância e ainda peidando com seus cinco cilindros.

— Do que ele está fugindo?

— Comeu e saiu correndo. Está com medo de seu pai.

— Ele ainda come aqui?

— Quando pode. Sua mulher não conhece cozinha italiana — e ela olhou para a Pleasant Street. — Onde está seu pai?

— No Roma.

— Tiveram uma briga?

— Discussão.

— Você não vai para as montanhas? — Havia preocupação em sua voz.

— Sabia disso?

Ainda estávamos falando através da porta de tela.

— Ele disse que ia pedir para você.

— Ele pediu. Respondi: de modo nenhum.

Entrei na sala pequena e quente dominada pelos temperos da cozinha. Aquela sala de estar! O calor era infernal. Um necrotério. As paredes forradas de fotos de mortos — tias, tios, primos, avós. No canto, num pedestal, havia uma escultura de Jesus sangrando profusamente. Velas de vigília em copos de vidro estavam ao pé do Salvador. Eram uma parte vital da casa, participando de tudo que era essencial e significativo, pois minha mãe acendia as velas toda vez que um parente morria, ou quando alguém adoecia, ou quando algo de valor era perdido, ou quando um relâmpago cortava o céu.

De relance vi uma pilha de roupas no sofá. Pareceu-me familiar, como imagens numa velha fotografia.

— O que é tudo isso?

— Suas roupas de trabalho.

— Roupas de *trabalho*? Que tipo de trabalho?

— Trabalho na montanha. — E ela escondeu o rosto.

— Nada de montanha para mim.

— Pense nisso. Tome uma decisão.

— Nada de montanha.

Estudei as roupas, remexi as peças. Sabe Deus de onde ela havia desenterrado aquilo, de algum baú no sótão quente e sufocante onde tudo acabava mumificado — jeans, camisas, um par de botas, até meu suéter de beisebol com o grande SE brasonado no peito. A ideia de que até mesmo minhas roupas de bebê poderiam estar cuidadosamente preservadas em algum lugar me fez tremer. Havia algo ardiloso naquelas roupas ressuscitadas, um arranjo planejado, uma aranha estendendo sua teia, e a vítima era eu. Ela percebeu meu sentimento e deslizou para a cozinha. Encontrei-a no fogão, remexendo coisas dentro de panelas. Tinha preparado muita comida.

— Quem vai comer tudo isso?

— Todo mundo.

— A senhora convidou todo mundo?

— Não, mas eles virão, de qualquer maneira.

Desabei numa cadeira junto à mesa da cozinha. Ela logo se aproximou com uma garrafa de vinho da geladeira e um copo gelado. Eu conhecia o vinho. Tinha de ser o vinho novo das videiras de Angelo Musso, facilmente a mercadoria mais importante na casa, pois sem ele meu pai logo secaria e sumiria de vista.

— Mamãe, que história é essa de divórcio?

— Que divórcio?

— Você sabe que divórcio. Por que acha que estou aqui?

Ela riu.

— É só conversa fiada. Somos católicos. Não podemos nos divorciar. Não sabe disso?

— Mario disse que ele chutou a senhora, que a esganou. Devia tê-lo mandado para a cadeia.

— Mario tentou isso. Papai não teve a intenção. Não fez de propósito. — E ela começou a cortar o pão.

— Como ele pode chutá-la, esganá-la, sem ser de propósito?

— Ele não teve a intenção. Estava apenas brincando.

— E então foi para a cadeia.

— Por meia hora. Não foi nada.

— E o batom na cueca?

— Era geleia.

— Pensei que fosse geleia.

— Geleia de cereja. Nas suas panquecas. Ele derramou um pouco.

— E por causa disso a senhora o acusou de infidelidade?

— Eu errei, pela primeira vez. — E ela soltou um suspiro profundo. — Quantas vezes estive certa nos últimos cinquenta anos?

Peguei na mão dela e acariciei a pele seca e macia.

— Não precisa mais se preocupar com coisas assim. Ele não é mais um jovem. O fogo apagou.

— Ele não precisa de fogo. Vai em frente sem isso.

— Na sua cabeça, não passa daí.

— É sujeira — disse ela. — É pecado.

Ocupou-se do jantar, verificando a berinjela no forno, o nhoque que esquentava numa panela de ferro preta, a vitela borbulhando em vinho Marsala.

— Não consegui encontrar nenhuma das meias grossas. Você vai precisar delas lá em cima. Pode nevar nessa época do ano.

— Não estou indo lá para "cima".

— Nem mesmo essa última vez, pelo seu pai?

— Estou trabalhando. Não posso largar meu livro.

Aquilo a fez ir direto para o quarto, onde a ouvi remexer em objetos pesados. Voltou com os braços cheios de livros, derrubando-os sobre a mesa à minha frente. Eram livros didáticos do ensino médio: geometria, história americana, composição em inglês, espanhol.

— Leve para sua casa — disse ela. — Ainda estão novos.

Agradeci:

— É exatamente do que preciso.

Estudou meu rosto, seus dedos tocando os delicados ossos de sua face enquanto voltava para a única obsessão de sua existência.

— Você não o fez ficar zangado? Ele não vai se meter em encrenca?

— Ele vai beber demais, apenas isso.

— Não me importo que ele beba. Os rapazes o trazem para casa.

— Os rapazes?

— Zarlingo e os outros. Cuidam dele para mim. Graças a Deus você vai estar lá. Elas me assustam, aquelas montanhas.

Um anjo, um anjo persistente e tedioso. Não admira que papai lhe desse um chute na bunda. Sentia-me sufocado, impotente como um bebezinho, fazendo um esforço inútil. Que diabo fazia ali? O que andava fazendo minha mulher? Eu enfrentava um problema sério com meu livro. Que diabo era aquilo? O velho tinha aturado essa droga por meio século? Quem disse que ele era impulsivo, impaciente, intolerante? O sol tinha caído abaixo das casas além do beco e estava mais fresco agora, 35 graus à sombra, o céu explodindo com nuvens vermelhas e alaranjadas.

— Contanto que eu saiba onde ele está — dizia ela. — Contanto que ele me deixe saber...

Enchi meu copo e fui até a varanda da frente, sentei-me na cadeira de balanço que rangia e acendi um cigarro. A escuridão veio rápido. Mais adiante na rua, uma mãe avançou na varanda e chamou as crianças para o jantar. A lâmpada do poste da esquina acendeu com uma explosão e um cachorro velho trotou debaixo dela, correndo para casa. Os olhos brancos dos aparelhos de televisão brilhavam pelas janelas ao longo das ruas, caubóis correndo através das telas, armas de fogo espocando no crepúsculo de San

Elmo. Uma cidade solitária. Todas as cidades do vale eram iguais a ela, desoladas, misticamente provisórias, enclaves de existência humana, pessoas aglomeradas atrás de pequenas cercas e franzinas paredes de estuque, barricadas contra a escuridão, esperando. Balancei para frente e para trás e senti a tristeza infiltrar-se em meus ossos, tristeza pelo homem e pela dor da solidão na casa de minha mãe e de meu pai, que envelheciam, aguardavam, marcando o tempo.

Então minha mãe chegou em silêncio à porta de tela e olhou para mim, como se estivesse armazenando uma lembrança minha, como se talvez nunca mais fosse me ver. Senti-a pulsando para lá e para cá, incorpórea e desencarnada, magoada e perdida ao sair da realidade e voltar de novo, envergonhada de que tão pouco tempo restasse.

— Henry? — sua voz era suave e hesitante. — Você não deve se preocupar comigo e com seu pai. A gente fica um pouco louco quando envelhece, mas não faz nenhum mal. Tenha paciência, Henry. Quer seu jantar agora?

A berinjela cozida me transportou de volta à infância quando elas custavam um níquel cada e eram um grande banquete, maravilhas globulares purpúreas, salientes, alegres e generosas, com seu rico sabor querendo encher nosso estômago, tão bonitas que me davam vontade de chorar.

As finas fatias de vitela me obrigaram a conter outra vez as lágrimas enquanto eu as comia acompanhadas do magnífico vinho Musso das montanhas vizinhas. E os nhoques preparados na manteiga e no leite por fim detonaram o processo. Cobri os olhos sobre o prato e chorei de alegria, enxugando minhas lágrimas com um guardanapo, gorgolejando como no ventre de minha mãe, tão doces e pacíficas, enchendo minha boca de vida para sempre. Ela viu meus olhos úmidos, pois não havia como os esconder.

— Tem algo no ar — falei. — Amoníaco, talvez? Está queimando meus olhos.

— É amoníaco. Esfreguei o chão com ele.

— Então é isso. Amoníaco.

— Seu pai odeia amoníaco. Não me deixa usar na máquina de lavar roupa.

— É verdade?

— Sabe do que ele gosta?

— Diga.

— Banho de espuma.

Ela enveredou para perguntas sobre Harriet e meus filhos. Mostrei-lhe os instantâneos em minha carteira, o mais jovem com 22 anos, o mais velho com 24. Ela estudou as fotos debaixo da luz da cozinha.

— Não parecem pedreiros.

— Não.

— Os meninos do Mario também não se interessam. O filho de Virgil quer tocar piano e Stella só tem meninas. Ele quer tanto um pedreiro, coitado. Se tivéssemos pelo menos um na família acho que ele deixaria de beber. Todas as suas preces seriam atendidas.

— Ele reza?

— Nunca. Nem vai à missa. — Seus olhos me fixaram numa interrogação. — Você vai à missa, Henry?

Eu havia antecipado isso.

— Todo domingo. Religiosamente.

— E seus filhos?

— Comigo e com minha mulher no mesmo banco, todo domingo.

Ela quase ascendeu através do teto rumo à felicidade celestial, mas logo parou para pensar e seu rosto ficou sério.

— Você está mentindo, Henry. Sua mulher nunca se converteu ao catolicismo.

— Estou trabalhando nisso. Leva tempo.

Ela sentou-se, suspirando, desapontada, servindo um pouco de vinho num copo.

— Nada de católicos. Nada de pedreiros. Meu Deus, o que foi que aconteceu?

Pegou na minha mão e fechou-a dentro de suas palmas secas e quentes, sua voz compadecida, implorando.

— Fale com seu pai, Henry. Faça com que ele volte para Nosso Senhor. Não há muito tempo. Quando se tem a sua idade, nunca se sabe o que pode acontecer, de uma hora para outra. E o que vou fazer quando ele se for, preocupando-me sem saber para onde foi?

— Por que não pede a padre Martin para falar com ele? É o trabalho dele, salvar almas.

— Ele esteve aqui uma porção de vezes. Tudo o que eles fazem é brigar. Seu pai não tem respeito. É o estilo da terrinha. Ele ri.

— Então o deixe em paz.

— Espero que ele vá primeiro. Ninguém o aguenta como eu. Pior que uma criança: passe a ferro os lençóis, mas não as fronhas. Engome os punhos, mas não os colarinhos. Engraxe os sapatos, apare o bigode, massageie os pés, corte os cabelos, garrafa de água quente na cama. Sabe o que ele inventou agora? Um sino, ao lado da cama. Toda noite ele badala pedindo alguma coisa: traga um copo de vinho, esfregue minhas costas, faça uma sopa para mim. Quando eu partir, acha que Stella vai fazer tudo isso?

A história do sino me intrigou.

— Vocês não dormem juntos?

— Ele me jogou para fora.

— Por quê?

— Como posso saber? Eu nem tocava nele. — Ela prosseguiu: — Sabe que ele toma laxativos com vinho quente e come ovos crus de manhã?

— Que nojo.

— Percebe o que estou dizendo?

Uma buzina tocou na rua.

— É Virgil. Diga a ele que tem nhoque.

Saí para a varanda e vi meu irmão Virgil sentado em sua caminhonete debaixo da lâmpada da rua. Acenei para que entrasse e ele me apontou para o carro.

Sua velha caminhonete tinha os para-lamas amassados, o forro de madeira arranhado e descascado. Apertamos as mãos pela janela. Éramos mais como colegas de escola do que irmãos. Nenhum de nós gostava de pensar no outro e, nesse sentido, éramos inexistentes um para o outro. Mas ele me invejava, meu estilo de vida, meu pequeno sucesso que me levara para longe de San Elmo. Eu não tinha certeza de que ele me odiasse, mas estava seguro de que não gostava de mim.

Parecia um porco, seu umbigo comprimido contra o volante. Aos 47, parecia dez anos mais velho, seus cabelos sumindo depressa — cheio dos lados, careca e luzidio no alto. Só se casara aos 35 anos e agora era o pai de quatro meninas e um menino. Eu podia sentir o cheiro deles ao enfiar a cabeça dentro do carro, o fedor azedo de vômito e fraldas. Todos os símbolos da alegria familiar estavam empilhados atabalhoadamente no fundo da caminhonete — chiqueirinho, triciclos, brinquedos, fraldas e cobertores.

Meu irmão Virgil! O gênio da família destinado a ser um milionário, formado no secundário com prêmios acadêmicos, honrado pela faculdade e logo aceito como funcionário no único banco independente de San Elmo. Depois de quase trinta anos na mesma firma, ele agora dirigia o Departamento de Empréstimos e seu futuro era bastante sombrio, pois os três filhos do presidente, educados em Stanford, haviam entrado em cena. Eu sentia pena do sujeito, mas ao mesmo tempo agradecia a Deus que toda aquela tralha de bebê no fundo do seu carro tivesse desaparecido há muito tempo da minha vida.

— Como vão as coisas?

Ele sorriu de um jeito que deformava sua boca, um homem com dor de dente na alma. Os melancólicos olhos de minha mãe tomavam a maior parte de seu largo rosto napolitano.

— Como vai Edith?

— Adivinhe — e sorriu levemente, como um homem no cadafalso.

— Pelo amor de Deus, Virgil. De novo, não!

Assentiu com a cabeça grande que pesava em seus ombros.

— Você devia parar, Virgil. Já ouviu falar em farmácia? Use alguma coisa.

— Eu uso meu pau. Tem outras sugestões?

— E vasectomia?

— É coisa para cachorro. Sou um homem... eu acho.

— Vamos entrar, tomar um copo de *vino*.

— Não vou entrar lá — rosnou. — Estou puto com todos eles.

— Com mamãe? Não tem mais ninguém lá.

— Mamãe, papai, Mario, toda a família. Aquela paranoia diante da delegacia de polícia. Não aguento mais. Eles me destruíram nessa porra de cidade. Agora estão tentando me enterrar.

Abri a porta.

— Vamos, Virgil. Mamãe preparou um belo jantar.

— Sem dúvida — disse ele. — Me diga uma coisa. Como é que velhas loucas cozinham tão bem? O mesmo com a mãe de minha mulher. Uma verdadeira psicopata, mas, Deus, que estrogonofe! — Olhou para a casa tentado, mas subitamente inclinou-se para a frente e bateu a porta.

— Não entro lá. Prefiro morrer de fome!

A porta de tela rangeu e olhamos para a casa enquanto mamãe saía para a varanda.

— Venha comer, Virgil. Está tudo pronto.

— Não, obrigado, mamãe.

— Berinjela assada, Virgil — ela se insinuou. — Fiz especial, do jeito que você gosta. E nhoques em leite e manteiga, e vitela ao vinho.

— Não. Obrigado, mesmo assim, mamãe.

Ela ficou magoada e surpresa com sua recusa e deslizou de novo para a escuridão da casa. Olhei para ele.

— Bonito, seu babaca.

— Tenho minhas razões.

— E ela sabe lá suas razões? Tudo no que está pensando é em seu estômago.

— Que nova loucura é essa? Mario diz que você vai trabalhar para o velho.

— Ele está maluco.

— Sei disso. Mas é verdade?

— Claro que não. Que tipo de idiota acha que sou? Parto amanhã de manhã.

— Saia logo da cidade, Henry. Saia antes que o enredem.

— Ninguém vai me enredar. Sei cuidar de mim mesmo.

— Henry — ele sorriu com paciência. — Por favor. Já ouvi toda essa baboseira antes. Saia daqui o mais rápido que puder. Esta noite. Saia agora. Levo você até o aeroporto.

— Obrigado, Virgil. Vou ficar.

— O velho não tem mais idade para trabalhar como pedreiro. Diga a ele. E então saia desta merda.

— Se ele quiser trabalhar como pedreiro, deixa. É sua vida.

— E pode ser o fim da sua vida.

— Quer falar com ele, Virgil? Quer argumentar com aquele velho anormal? Ele está no Café Roma neste momento. Vá até lá e converse com ele.

Ele jogou as mãos para o alto.

— Meu Deus, que família!

Deu a partida no carro, me afastei e o vi rodar cerca de dez metros. Então deu a ré e voltou aonde eu estava. Um sorriso tolo e desamparado se abriu no rosto gordo de Virgil.

— A berinjela é feita com migalhas de pão e queijo romano?

— Claro que é.

Resignado, desligou o motor. Fomos juntos até a casa.

A cozinha. *La cucina*, o verdadeiro território da mãe, essa caverna da feiticeira boa no fundo da terra desolada da solidão, com panelas de doces poções borbulhando sobre o fogo. Uma caverna de ervas mágicas, alecrim, tomilho, sálvia e orégano, bálsamo de lótus que trouxe sanidade a lunáticos, paz a perturbados, alegria a tristonhos, esse pequeno mundo de sete por sete metros, o altar uma bancada de cozinha, o círculo mágico uma toalha de mesa xadrez onde as crianças se alimentavam, as velhas crianças, atraídas de volta ao seu começo de vida, o gosto do leite da mãe ainda perseguindo suas lembranças, fragrância nas narinas, olhos reluzentes, o mundo maldoso desaparecendo de vista enquanto a velha fada materna protegia sua prole dos lobos do lado de fora.

Seduzido e voraz, Virgil enchia as bochechas com nhoques, berinjela e vitela e os empurrava goela abaixo com o fabuloso vinho do velho Musso, fascinado, cativado, encantado por sua fabulosa mãe, envolvendo-a com olhares amorosos, até parando no meio de sua comilança para erguer sua mão e beijá-la em agradecimento. Ela ria ao ver como tecera o seu feitiço, e enquanto se entreolhavam como amantes assombrados eu me esgueirava até a sala de estar e telefonava para Harriet em Redondo Beach.

— Está tudo bem por aí? — perguntou ela.

— Tudo ótimo. Nenhum problema.

— E o divórcio?

— Esquecido.

— Viu minha mãe?

— Não.

— Vai ver?

— Talvez amanhã.

— Promete?

— Não.

Senti o hálito quente de minha mãe na minha nuca e virei para encará-la, bisbilhotando nas minhas costas. Não sub-repticiamente, mas escutando às escâncaras.

— Deixa eu falar — disse, tirando o fone de minha mão. E então soltou a boca: — Alô, Harrietta. Sou eu, sua *suocera*. Comu vai, Harrietta. Que bão. Eu? Mi sintu ótima.

Lá estava de novo a bajulação hipócrita de minha mãe para com Harriet, a adulação como uma serva diante da baronesa, tão degradante que até seus poderes da fala desmoronavam. Nascida em Chicago, conhecendo apenas a língua inglesa, minha mãe falava como um imigrante napolitano que acabara de desembarcar quando ela e Harriet se encontravam.

Ouvi, exasperado, arrancando os cabelos.

— Harrietta, eu vô li pidí um favô, si? Tá certu si u seu maridu ficá dois, três dia, uma sumana? Vai ajudá o papa, coitado do véio, qui tá com rumatismo. Acho que uma sumana, ou deiz dia, ou duas ou três sumana até terminá u trabaio. Ok, dona Harrietta? Muito brigada. Deuzabençoi...

Arranquei o fone de sua mão.

— Estou em casa amanhã, Harriet, esqueça toda essa palhaçada!

Mamãe meteu a boca no aparelho.

— Pur favô, Harrietta, não tô quereno criá cunfusão na tua casa, ok? Só queru ajudá o papa dele. Tá cum as costa machucada.

— Em casa amanhã! — gritei, batendo com o fone no gancho.

Um tropel de sapatos pesados na varanda da frente, o movimento desajeitado de corpos. Joe Zarlingo e Lou Cavallaro irromperam trôpegos pela porta da frente carregando meu pai entre eles. Com calmo profissionalismo, como uma enfermeira, minha mãe ajeitou o sofá e amassou uma almofada enquanto os homens estendiam meu pai. Ficou caído ali emplastrado, um sorriso nos lábios que babavam.

— Está mamado — falei, olhando para ele.

— Vou trazer o café — disse mamãe.

Zarlingo e Cavallaro me fuzilaram com o olhar.

— Por que isso aconteceu? — perguntei.

Zarlingo ficou chocado.

— Tem a ousadia de perguntar?

Cavallaro estava revoltado.

— Jesus. Você não é humano.

Virgil veio da cozinha, limpando a boca com um guardanapo e observando o velho sem emoção. Então foi até a porta, jogou o guardanapo numa cadeira e sorriu para mim.

— O que foi que eu lhe disse?

Atravessou a porta. Eu fui à varanda e o vi partir com a caminhonete. Outro carro, um motor-home Datsun, estava parado ali. Era de Zarlingo.

Saiu da casa com Cavallaro e os dois me ladearam em silêncio. Zarlingo mordeu a ponta de um Toscanelli e o enfiou entre os dentes.

— Está subindo para Donner Pass com seu pai? — indagou.

— De jeito nenhum.

— Então vai querer que o velho suba lá, carregue pedra, misture argamassa e construa uma casa de pedra sozinho?

— Se é o que ele quer, com certeza não sou eu quem vai impedir.

— Em outras palavras, está se lixando se seu pai viva ou morra.

— Eu não disse isso, quem disse foi você.

— Ele é um homem orgulhoso — disse Cavallaro. — Ainda não entendeu isso?

— "O orgulho precede a queda".

Subitamente Zarlingo tomou impulso e me deu um ruidoso tapa no rosto com a palma da mão aberta. Foi um golpe ardente, repentino, chocante. Ele pareceu mais surpreso do que eu diante do que tinha feito e Cavallaro ficou parado ali, estupefato. Eu ri. Não havia nada mais que pudesse fazer. Ri para esconder minha raiva e fui embora pelo caminho que levava à calçada, de onde olhei para trás, um inchaço de raiva crescendo dentro de minhas costelas.

— Seu monstro! — berrei. — Bêbado velho patético e senil.

— Seu fedelho! — gritou ele, descendo os degraus para cima de mim. — É melhor mostrar um pouco de respeito.

Pensei em fincar o pé, até mesmo em dar porrada nele, mas nada daquilo fazia sentido, em especial minha raiva, e afastei-me dali depressa. Por sobre o ombro, eu o vi apanhar uma lata de cerveja da sarjeta e jogá-la na minha direção. A lata quicou inofensivamente aos meus pés e aquilo me fez rir de novo. Continuei rua abaixo até a cidade. Minha cabeça começou a funcionar: eu ia embora daquela porra de lugar. Em duas ou três horas estaria debaixo das cobertas de minha própria cama, a mais de seiscentos quilômetros de distância, ouvindo o suspiro das ondas, e esse pesadelo todo seria esquecido. Direto ao longo da Pleasant Street entrei na Lincoln e segui até a estação rodoviária.

No beco, o ônibus para Sacramento resfolegava ao receber um punhado de passageiros. Comprei uma passagem e voltei para o ônibus, mas não embarquei. Tinha perdido a capacidade de tomar uma decisão. Quanto mais eu me demorava — o motorista à espera, olhando para mim pela porta —, mais importante se tornava a escolha enquanto o medo se instalava, o medo de desferir um golpe mortal em meus pais idosos, o medo de me arrepender daquilo para o resto da vida. Eu tinha de ficar. Não por escolha, mas por dever. E foi assim que virei as costas e caminhei de volta para casa, procurando em mim mesmo uma explosão de êxtase cristã por ter feito a coisa certa, construindo a minha recompensa no céu.

O Datsun tinha partido quando cheguei em casa e também Zarlingo e Cavallaro. No pequenino quarto, minha mãe estava sentada ao lado do velho, que estava despido sob um lençol.

— Por onde andou? — perguntou minha mãe. — Fiquei tão preocupada.

— Com o quê?

— Você é um escritor. Esta cidade não é lugar para você sair à noite.

Pensei ouvir meu pai soluçar e aproximei-me mais dele. Em seu sono ele chorava, as lágrimas correndo de seus olhos fechados. Ela enxugou suas pálpebras úmidas com a barra do lençol.

— Por que ele está chorando?

— Está sonhando. Ele quer a mãe.

Sua mãe. Morta há sessenta anos.

Engasgado, corri para a cozinha, louco por um vinho. Estava no segundo copo quando mamãe apareceu.

— Mudei os lençóis, Henry. Você dorme na minha cama.

# 8

Eu estava cansado demais para me importar. Como todos os quartos daquela velha casa, o da minha mãe era pequeno. A cama ainda guardava o calor do dia quando me enfiei nu debaixo de um lençol num nicho do colchão que media os contornos do corpo da minha mãe. Fazia muito escuro ali quando acendi a lâmpada da mesa de cabeceira. No travesseiro, minhas narinas atraíram o odor doce e caseiro dos cabelos de minha mãe, arrastando-me para outros tempos, quando ainda não tinha vinte anos e buscava fugir de casa.

Sim, eu fugi. Isso quando ainda não tinha vinte anos. Os escritores me levaram para longe, London, Dreiser, Sherwood Anderson, Thomas Wolfe, Hemingway, Fitzgerald, Silone, Hamsun, Steinbeck. Encurralado atrás de barricadas contra a escuridão e solidão do vale, eu me sentava com livros da biblioteca empilhados na mesa da cozinha, desolado, ouvindo o chamado das vozes nos livros, faminto por outras cidades.

Eu tinha chegado ao limite de jogar sinuca, pôquer e falar besteiras derrubando copos de cerveja, de me enfiar com outros sujeitos e garotas em pomares solitários, metendo as garras desajeitadas em saias e calcinhas, agarrando em vão. As mulheres eram ótimas, mas exigentes, você se magoava fácil aos dezenove anos; achava que as mulheres eram doces e submissas, mas descobria que eram gatos de rua; encontrava consolo com as putas que são menos enganosas, e se tiver sorte você aprende a ler.

Meu velho, o filho da puta, ficava largado em casa enchendo a cara de vinho, berrando para apagarem as luzes, irem para a cama, que merda deu em você, porque livros eram uma droga e o meu vício era alarmante e eu quase não era mais seu filho. Arranje um emprego, ele exigia, faça alguma coisa de sua vida. Estava certo. Devia estar. Todo mundo concordava com ele. Até o pessoal no salão de bilhar notou a mudança. Não conseguíamos mais falar do jeito de antigamente.

Consegui um emprego. Colhi amêndoas. Colhi uvas. Trabalhei nos campos de lúpulo. As chuvas chegaram, os campos ficaram ensopados e impraticáveis, graças a Deus, e eu voltei à cozinha, lendo os doces livros. Acharam que eu estava doente — meus olhos vermelhos e esbugalhados, minha mãe sentindo minha testa: Você está bem, Henry? Talvez tenha pegado uma gripe.

Ele devia ir ver um médico, disse meu pai. Descobrir o que está errado. O que está fazendo de sua vida? Quem vai tomar conta de sua mãe quando eu me for? Não pagam salário para ler livros. Saia daqui! Tem uma guerra acontecendo. Entre no exército. Vá para São Francisco. Embarque num navio. Ganhe o seu sustento. Seja um homem. Sabe o que é um homem? Um homem trabalha. Ele sua. Ele cava. Ele martela. Ele constrói. Ganha uns poucos dólares e os economiza. Vejam só quem está falando!, zombei.

Não havia resposta para aquele carcamano de esquina, aquele imigrante miserável dos Abruzos, o camponês brutamontes e ignorante, aquele merda, aquele rastejador de sarjetas. O que *ele* sabia? O que *ele* tinha lido?

Eu estava certo. Estava a caminho de algo. Uma nova sensação do mundo além de San Elmo e da televisão, empolgante, chocante, pulsante de adrenalina. Por que eu não descobrira aquilo antes? Onde estivera todos aqueles anos? Tentando carregar um cocho de pedreiro, misturando argamassa? Quem foi que bloqueou meu cérebro, tentou impedir meu acesso aos livros, os ignorava e desprezava? Meu velho. Sua ignorância, o frenesi de morar debaixo do seu teto, seus rompantes, suas ameaças, sua cobiça, suas agressões, sua jogatina. Natal sem dinheiro. Formatura sem um terno para vestir. Dívidas, dívidas. Paramos de falar um com o outro. Um dia cruzamos caminho atravessando os trilhos da ferrovia. Ele deu alguns passos, parou e começou a rir. Virei para ele. Apontou para mim e começou a rir. Fingia ler um livro e ria. Não era divertimento. Era raiva, desapontamento e desdém.

Então aconteceu. Uma noite em que a chuva fustigava o telhado inclinado da cozinha, um grande espírito entrou para sempre na minha vida. Segurei seu livro em minhas mãos e tremi enquanto ele me falava do homem e do mundo, de amor e sabedoria, de sofrimento e culpa, e eu soube que nunca mais seria o mesmo. Seu nome era Fiodor Mikhailovich Dostoiévski. Ele sabia mais sobre pais e filhos do que qualquer homem no mundo, e de irmãos e irmãs, padres e malfeitores, culpa e inocência. Dostoiévski me transformou. *O idiota, Os possessos, Os irmãos Karamazov, O jogador.* Virou-me pelo avesso. Descobri que podia respirar, que podia ver horizontes invisíveis. O ódio a meu pai derreteu. Eu amava meu pai, pobre, sofredor, um infeliz perseguido. Amava minha mãe também, toda minha família. Era hora de me tornar um homem, de deixar San Elmo e sair para o mundo. Eu queria pensar e sentir como Dostoiévski. Eu queria escrever.

Na semana antes de deixar a cidade, a junta de alistamento me convocou para o exame médico em Sacramento. Fiquei feliz em ir. Alguém fora de mim podia tomar minhas decisões. O exército me rejeitou. Eu tinha asma. Inflamação dos tubos bronquiais.

— Não é nada. Sempre tive isso.

— Vá ver o seu médico.

Consegui a informação necessária de um compêndio de medicina na biblioteca pública. A asma era fatal? Podia ser. Deixa para lá. Dostoiévski tinha epilepsia, eu tinha asma. Para escrever bem, um homem precisa ter uma doença fatal. Era a única maneira de lidar com a presença da morte.

# 9

No meu primeiro dia em Los Angeles, peguei um trabalho lavando pratos na Clifton's Cafeteria. Depois de alguns dias fui promovido a ajudante de garçom e demitido por "confraternizar com o público", no caso uma garota que levava um volume de Edna St. Vincent Millay e me convidou a sentar à sua mesa para tomar café e conversar sobre poesia.

No dia seguinte, achei outro trabalho de lavador de pratos num bar na esquina da Quinta com Main. Meu quarto ficava no andar de cima a quatro dólares por semana, e o dividia com outro lavador de pratos. Seu nome era Hernandez e ele era maluco. Foi o primeiro escritor que conheci, um mexicano alto e risonho sentado na cama com uma máquina de escrever no colo, gargalhando a cada linha que escrevia. Seu projeto era um livro chamado *Prazer e lucro na lavagem de pratos*. Era tão louco quanto o próprio Hernandez. Eu costumava adormecer ouvindo sua leitura do manuscrito, convulsionado de prazer. Um dos capítulos era "O mistério da água quente", outro "Mãos limpas geram mentes limpas".

Mas o trabalho era exaustivo, o chão sempre submerso com canos que vazavam e a comida era impossível de ingerir. Larguei e fui trabalhar no distrito das roupas, carregando araras de vestidos e levando recados para todo mundo. Tinha uma dúzia de patrões que me pressionavam o tempo todo a correr atrás de café, sanduíches, jornais e uma centena de outras miudezas. Um deles era dono de um serviço de táxis independente e me ofereceu um emprego dirigindo à noite. Aceitei, embora nada conhecesse da cidade imensa e complicada. Na primeira noite, rodei pelo centro de Los Angeles durante oito horas sem pegar uma única corrida. Meu patrão me garantiu que as coisas iriam melhorar quando a onda seca passasse e mandou rezar por chuva.

Na noite seguinte tive meus primeiros passageiros, um negro e sua namorada. O homem pediu que o levasse à esquina da Noventa e seis com a Central. Enquanto eu consultava um mapa da cidade ele disse:

— Vai me dizer que não sabe onde fica a Noventa e seis com a Central?

Disse a ele que era novo na cidade.

— Vou lhe mostrar o caminho — disse ele. — Siga uma quadra e vire à esquerda.

Por duas horas segui suas instruções, até as lonjuras de San Bernardino, onde me mandou parar numa terra desolada sem ruas e sem casas, sem iluminação ou calçadas. Senti o cano de uma pistola na minha orelha quando ele me mandou saltar do carro. Sua namorada me revistou e tirou tudo o que eu tinha, nove dólares. Partiram no carro, deixando-me ali num lugar que se parecia com o Vale da Morte.

Quando a luz do dia pulsou no Leste, um carro de polícia aproximou-se silenciosamente e me encontrou caminhando na direção do que pareciam ser as luzes de uma cidade distante. Passei três horas na delegacia de polícia de San Bernardino sendo interrogado por dois detetives que desconfiavam que eu fosse um desertor ou estivesse fugindo da convocação militar. O status de 4-F no meu cartão de reservista não os impressionou. Tiraram minhas impressões digitais e fizeram uma verificação. Ao meio-dia, soltaram-me sem café da manhã ou um simples café preto e me mandaram sumir da cidade. Eram uns caras maus, nem me ensinaram o caminho de volta.

Saí pela rua e comecei a perguntar aos passantes. Ninguém parecia saber como sair de San Bernardino e então, por fim, descobri sozinho. Ergui o polegar durante uma hora até que um caminhão parou. O motorista não estava indo para Los Angeles, mas para Wilmington. Bom o suficiente. Qualquer coisa era melhor do que San Bernardino. Quando contei a ele que fora roubado e preso ele riu.

— Baita sorte — disse, ao me deixar no Wilmington Boulevard.

Wilmington era paranoica, uma cidade portuária no meio da guerra. Não parecia ter sido projetada, mas apenas jogada ali. Caminhões grandes castigavam as ruas, rugindo através de cruzamentos engarrafados onde soldados, marinheiros e civis ignoravam os sinais de trânsito no meio de buzinas que berravam e motoristas que xingavam. Desloquei-me com o fluxo da multidão, seguindo a esmo a onda pelo Avalon Boulevard. Estava cansado, sujo e atordoado, arrastado como uma rolha ao longo de uma rua de torres de petróleo, fábricas, serrarias, pilhas de vigamentos e tubos de aço, fileiras após fileiras de tanques e caminhões do exército, salões de bilhar, palacetes de pôquer, depósitos de carros usados e até mesmo um parque de diversões com um carrossel e uma roda-gigante. As risadas das mulheres nos bares enchiam as ruas. Prostitutas exibiam-se nas portas, bêbados sentavam-se no meio-fio, policiais sorridentes rodavam em carros-patrulha com atenção divertida. Onde estava eu? Liverpool? Singapura? Marselha? Pensei em meu pai, como teria adorado este local singular — a jogatina, os bares, os edifícios projetando-se em cada retalho vazio de terreno.

Fome. Sentia o cheiro do molho de tomate, da pizza que estava saindo num restaurante italiano. Virei a esquina e fui ao beco nos fundos do local. Ao bater na porta de tela preta, uma nuvem de moscas saiu zunindo e vi o rosto de uma italiana espiando, uma mulher gorda na casa dos quarenta, redonda como uma almôndega. Faço qualquer coisa para comer, falei. Ela ficou espantada e franziu a testa. Estou com fome, falei. Ela abriu a porta e apontou para três latas de lixo lotadas, fazendo um gesto para que eu as levasse para fora. Rolei-as para a rua em meio às moscas estáticas. Ela trabalhou rapidamente numa mesa de açougueiro com metade de um pão francês cortado ao meio, tirou o miolo e forrou-o com pastrami e queijo cremoso. Agradeci e disse que procurava emprego. Tinha experiência como lavador de pratos, falei. Ela abriu a porta e me convidou a sair. Caminhei pelo beco até um estacionamento de trailers onde uma mangueira preta se enroscava como uma cobra pela grama crescida e sentei-me no engaste de um trailer comendo o sanduíche e bebendo água quente da mangueira.

No porto, a dois quilômetros de distância, cheguei à Companhia Pesqueira Toyo. Havia uma tabuleta: PRECISA-SE: OPERADORES DE MÁQUINAS, OPERÁRIOS.

Eu, operário. Não era ajudante. Nem pedreiro. Nem assentador de tijolos. Eu podia ouvir o velho: aprenda um ofício, seja alguém especial. Que merda, pai. Ainda não fiz vinte anos, me dê um tempo.

O nome do homem era Coletti. Moreno, talvez siciliano. Capataz da turma de trabalho. Paesano, eu sorri. Ele não gostou. Estou procurando emprego. Não tem emprego, disse ele. Mas a placa lá fora dizia... Talvez amanhã, falou.

Saí para a rua, caminhando em direção à cidade, subindo o Avalon Boulevard. Mas aonde e por quê? Encontrei um banco numa parada de ônibus. Ligaria a cobrar para Virgil e pediria que mandasse dinheiro. Não, ele contaria à mama, o que estava ok, mas o velho descobriria. Ele iria rir. Bem que avisei, diria, não quis ouvir seu pai.

Levantei e caminhei de novo, meus pés doendo. Encontrei outro vagabundo como eu. Vestia um longo sobretudo naquele fim de tarde quente, os bolsos cheios de porcarias.

— Ei, onde posso achar alguma coisa pra comer?

— Tá cheio de restaurante — disse ele.

— Estou duro.

— Eu também.

— Onde você come?

— Na Missão do Espírito Santo.

— Onde fica isso?

— Venha comigo.

A Missão do Espírito Santo ficava na Banning Street entre duas lojas de penhores. Antes era um armazém. Uma multidão de trinta homens, todos decentemente vestidos e de barba feita como eu, se amontoava junto à porta. Alguns estavam sentados na calçada, de costas para a frente da casa. Às sete horas a porta abriu e o sr. Atwater, um negro, nos chamou para dentro. Havia um pódio onde o sr. Atwater ficou de pé, segurando um violão. Ocupamos nossos assentos em longos bancos, recebemos hinários e o sr. Atwater nos regeu numa cantoria. Então ele se postou diante de nós e falou sobre a misericórdia de Deus, a importância da fé e os malefícios da bebida. Era um homem grande de voz macia com uma barba branca curta, um homem bom e gentil.

Depois do sermão fomos levados para trás de uma divisória à área do refeitório, com mesas e bancos compridos, e duas senhoras negras nos serviram grandes tigelas de ensopado de carne, um naco de pão e uma maçã. Era tudo de graça e acontecia toda noite às sete horas. Suspirei de alívio. Eu tinha conseguido.

Naquela noite dormi num depósito de carros velhos em Avalon, num velho Cadillac com um banco traseiro de veludo, confortável e comprido o suficiente. Às oito horas da manhã seguinte eu estava de volta à Companhia Pesqueira Toyo, parado diante da mesa do sr. Coletti. Ele ergueu a vista de alguns papéis que examinava.

— Nada hoje — disse.

— Amanhã?

— Nunca se sabe.

Senti-me encorajado. Gostei de Coletti. Tínhamos um diálogo, estávamos nos conhecendo. Toda manhã eu deixava meu Cadillac e fazia a longa caminhada até a Toyo para uma breve conversa com ele. Nunca havia palavras duras. Às vezes ele olhava para minhas roupas, o terno cinzento que eu usava desde o meu primeiro dia em Los Angeles, amarfanhado agora, manchado e disforme.

— Nada feito hoje — dizia. — A coisa ainda está devagar.

Então um dia ele me passou um detalhe de produção.

— Nenhum peixe — disse. — Estamos esperando os barcos.

Fiquei exultante. Tinha recebido informação confidencial. O emprego estava a caminho. Só tinha de esperar. Agora não precisava procurar outros empregos. Deus sabia que eu havia tentado.

Por que fora rejeitado? Seriam minhas roupas? Seria meu rosto? Estudei-o na vitrine de uma loja, a barba curta morena, a magreza, o aspecto de derrota. Eu repelia as pessoas? Irradiava algum antagonismo misterioso, alguma raiva do mundo? Veio um momento em que fiquei temeroso de abordar patrões e empregadores. Somente o sr. Coletti e o sr. Atwater me aceitavam, me davam esperança e comida. Andei pelas ruas. Encontrei a biblioteca pública e lia durante horas, depois ia à Missão do Espírito Santo para minha janta. Pensei em mendigar, porque tinha visto pedintes filando moedas e parecia fácil. Mas faltava coragem. Eu tinha vergonha demais. Mesmo aqueles dias febris em que me virei em Los Angeles lavando pratos pareciam impossíveis agora.

Depois de um mês em Wilmington, Coletti foi positivo.

— Você começa amanhã. Esteja aqui às sete.

Eu queria beijar sua mão, mas disse apenas:

— Obrigado.

Saí com o peito explodindo de alegria e dor, passei pelas docas onde estivadores carregavam os navios e homens guiavam empilhadeiras, rindo e brincando enquanto trabalhavam, e ri também, pois era um deles, tinha um emprego, eu pertencia à raça humana de novo. Na Missão do Espírito Santo cantei a plenos pulmões e chorei quando o sr. Atwater falou da misericórdia de Deus. Quando distribuíram as reluzentes maçãs vermelhas de Washington segurei a minha como um cálice sagrado, sagrado demais para devorar.

Uma velha com poucos dentes iguais a presas sentou-se ao meu lado. Sorri e disse:

— Quer outra maçã?

Ela fez que sim com a cabeça e aceitou minha maçã e a colocou no seu saco de papel. Senti-me enobrecido. Eu tinha dado alguma coisa em vez de receber.

Era hora de dormir agora, de me recolher e me preparar para o primeiro dia de trabalho. Ao entrar no meu Cadillac o gerente do pátio de carros usados me sacudiu e mandou-me sair. Ergueu um porrete como se fosse esmigalhar meu crânio.

— Saia daqui, seu vagabundo de merda. Da próxima vez eu chamo os tiras.

Quando você é um andarilho, observa lugares onde pode dormir — prédios abandonados, porões abertos, galpões. Eu tinha um lugar arquivado em minha cabeça — um abrigo debaixo de uma ponte sobre o rio Tucker, que não era um rio, só quando chovia.

A caminho da Ponte Tucker, parei no terminal de vapores de Catalina para catar alguns cigarros. O terminal era sem dúvida a melhor fonte de cigarros no porto. Oferecia as melhores marcas — Pall Mall, Tareyton e Chesterfield — em tamanho gigante e em generosas quantidades. Era a melhor hora do dia para ir lá e fazer estoque, pois o *Catalina* tinha acabado de voltar da ilha e os passageiros haviam partido. Não fiquei desapontado. Cada cinzeiro cheio de areia estava repleto de adoráveis guimbas e saltei de uma a outra, escolhendo minhas marcas favoritas e enfiando-as nos bolsos do paletó. Tinha sido um bom dia para mim. O novo emprego, uma excelente refeição no Espírito Santo e cigarros suficientes para atravessar o dia seguinte.

Uma lua de manteiga iluminava o porto enquanto eu caminhava entre capim e areia até a entrada da Ponte Tucker. O riacho não passava de um fio de água de esgoto através da areia branca. Alguém tinha arrastado um barco leve até debaixo da ponte e o cobrira com uma lona. Enrolei o encerado e fiz dele um colchão. Como era bonito debaixo daquela ponte! Raios de lua amarelados banhavam as duas aberturas e a água ria enquanto a maré lambia as pilastras com sua vazante e preamar.

Deitei e pensei no futuro. Qualquer esperança de escrever teria de ser adiada. O que importava agora era ficar vivo. A partir daquele dia, resolvi nunca mais ser pobre. Eu trabalharia duro para Coletti e a Companhia Pesqueira Toyo. Guardaria cada centavo. Chacoalharia moedas no meu bolso e enfurnaria dólares no banco. Cobriria meu corpo, minha vida, com dinheiro. Seria inexpugnável. Não me magoaria mais. Eu ainda era jovem. No dia 8 de dezembro, dali a um mês, completaria vinte anos. Havia muito tempo. Tinha tudo correndo finalmente a meu favor. Sorri ao rezar o Pai-Nosso.

Algo me mordeu e acordei. Algo na minha perna. Levantei-me. Algo mordeu minha mão, o dedinho. Abanei a mão. Olhei. Uma besta, um animal, pendurado em meu dedo. Era uma coisa marrom. Um caranguejo. Continuou agarrado. Eu o bati contra o barco. Ele caiu. Levantei-me. Estavam todos sobre mim. Estavam nas minhas pernas, debaixo das calças, mordiam, rastejavam. Senti alguns no meu escroto. Arranquei um dos meus cabelos. Pulei e gritei. Eles caíram das minhas roupas. Faziam um som cheio de estalidos. Saltei para cima e para baixo. Gritei de medo. Saí correndo de baixo da ponte e arranquei minhas roupas à luz do dia. Vi o trânsito. Tirei as calças, a camisa, a cueca. Estava nu, queimando, esfregando areia nos pequenos furos que sangravam em meu corpo, correndo como louco, atirando-me sobre o capinzal e a areia, uivando como um cachorro. Ouvi uma sirene. Vi o pisca-pisca vermelho. Vi o carro da polícia chegando a toda, levantando areia. Dois tiras com cassetetes correram até mim.

— Minhas roupas! — disse, catando-as. Minha camisa, meu casaco, minha calça.

Os policiais me perseguindo enquanto eu me arrastava de quatro. Pegaram-me pelas axilas e me levaram cambaleante até a viatura. Abriram a porta e me jogaram lá dentro, as roupas em meus braços. Cobri o sexo com as roupas e comecei a tremer incontrolavelmente enquanto o carro ia embora e meus dentes matraqueavam e eu me sentia morrendo e tentando ficar vivo.

Levaram-me para uma ala de emergência, freando com força na entrada do hospital.

— Vista as calças — mandou o tira mais velho.

Remexi na trouxa de roupas cheias de areia, os dentes tremendo, as mãos espalhando a areia solta sobre o assento e o tapete da viatura. O tira velho ficou furioso.

— Cuidado com essa areia!

Desenrolou um cobertor e abriu a porta. Jogou o cobertor sobre mim enquanto eu saía.

Escoltaram-me até a porta lateral da ala de emergência e o tira velho puxou o cobertor. Jogou-o no chão enojado. O médico olhou para mim, parado ali segurando as roupas.

— Pegou uma belezinha desta vez, doutor — sorriu o tira velho.

O médico era um sujeito louro de uns trinta anos num jaleco azul. Uma unha raspou com delicadeza a carne em meu ombro. A pele suja era verde-acinzentada como a de um peixe podre.

— Já tomou um banho na vida? — perguntou o médico.

— Eu tomava banho o tempo todo.

— Coloque as roupas na cadeira e me siga.

Despejei meus trapos na cadeira e caminhei ao longo do corredor com ele até um chuveiro. Passou-me uma barra de sabão e uma toalha. Entrei debaixo do chuveiro quente. Foi o mais próximo do céu a que já cheguei. Parei com a tremedeira e comecei a ver o rosado de minha pele. Enxuguei-me com a toalha e voltei à sala da emergência. Os tiras ainda estavam lá, fumando e conversando com o médico. Deitei-me na mesa e ele tratou os ferimentos com um antisséptico amarelado enquanto o tira velho começou a me interrogar: nome, endereço, situação no alistamento militar.

Ele me perguntou:

— Há quanto tempo vem fazendo isso?

Olhei para ele:

— Fazendo o quê?

— Exibicionismo indecente.

Levantei-me.

— Nunca!

Eu tremia de novo ao contar sobre o ataque dos caranguejos. Acharam graça, mas não se convenceram. Estendi os braços, as pernas, para mostrar a carne machucada. Os tiras não se impressionaram.

— Podia ser autoagressão — disse o tira velho, virando-se para o médico. — O que acha, doutor?

Minhas entranhas endureceram e meus olhos devoraram o médico. Ele havia sido bastante amistoso e imparcial, um profissional, mas não um tira. Gritei para ele.

— Diga a eles!

Virou o olhar de mim para os dois tiras, depois voltou a cuidar de meus ferimentos.

— Não acredito que sejam ferimentos autoinfligidos — disse. — Mas não acredito também que foi atacado por caranguejos.

Senti tristeza no meu peito, um tumulto que queria romper em lágrimas. Meu bom Deus, não me faça chorar. Deus, faça eu ser um homem como meu pai!

De repente o tira velho deu um pulo.

— Jesus Cristo! — gritou, olhando para o chão. Rastejando na sua direção, deslizando ao longo do piso, havia um caranguejo. Outro corria freneticamente para uma fresta na porta. Um terceiro escorreu da perna de minha calça, suas antenas girando enquanto explorava o território estranno. Chorei então. Levantei-me e segurei os joelhos e chorei porque todo mundo era tão podre e os únicos que vinham ao meu socorro eram as pequenas bestas que tinham começado toda aquela confusão, os caranguejos.

Minha explosão resfriou os tiras. Saíram da sala e voltaram para o carro patrulha. Através da janela eu os vi sentados no banco da frente, cabeça para trás, os quepes puxados sobre os olhos.

O médico lavou as mãos. Parecia perturbado ao secá-las com uma toalha.

— Vamos dar uma olhada nestas mordidas de caranguejo de novo — sugeriu, murmurando consigo mesmo enquanto apalpava aqui e ali.

— Acho que vou lhe dar uma injeção contra tétano — disse. — Já tomou alguma vez?

Eu lhe disse que sim, havia uns dois anos. Colocando-me de estômago para baixo, ele espetou uma agulha hipodérmica na minha bunda. Doeu e eu me levantei.

— É tudo?

— Ainda não. Vou aplicar-lhe penicilina também.

Recebi a injeção no braço.

— Ok. Pode se vestir.

Apanhei minhas calças cheias de areia. Eram obscenas e nojentas enquanto eu as segurava no ar.

— Se os tiras não se incomodam, preferiria usar seu cobertor.

— Vou dar um jeito nisso — disse o médico.

Seguiu ao longo do corredor e voltou com calças Levi's, um pulôver, cueca e meias. Eram velhos, mas limpos. Agradeci e me vesti enquanto ele expulsava os caranguejos com um enxergão saturado em clorofórmio.

Nos despedimos e caminhei até o carro da polícia e fui levado à subdelegacia de Wilmington do Departamento de Polícia de Los Angeles. Fui fichado sob a acusação de vagabundagem. Puseram-me numa cela com quatro outros criminosos e por volta do meio-dia o camburão da polícia nos levou para a Cadeia de Lincoln Heights em Los Angeles.

Pensei na Companhia Pesqueira Toyo e tudo o que ela havia prometido, e como era bonito estar lá na doca, em meio às latas e fedendo encantadoramente a peixe, água marinha, espuma e alcatrão, e pensei com afeto em Coletti, que acreditava em mim, e me perguntei se era na verdade tão velho quanto me sentia. Olhei para os outros prisioneiros no camburão. Tinham sido presos por rixa violenta — seus olhos arroxeados, alguns com cabeças e juntas envoltas em bandagens. Que triste bando éramos nós, rodando sob o calor do sol.

Terminamos a jornada no tanque dos bêbados em Lincoln Heights, uma cela imensa onde homens cansados esperavam, desabados em bancos de madeira, enrugados dentro de suas roupas.

Na manhã seguinte, cinquenta de nós foram escoltados até o juiz no tribunal Sunrise. Quando meu nome foi chamado, dei um passo à frente e me declarei culpado da acusação de vagabundagem. Não havia muita escolha. Se eu tivesse alegado inocência sem a fiança necessária, o tribunal me teria confinado durante dois meses enquanto eu esperava uma data de julgamento e a designação de um defensor público. O juiz me multou em dez dólares ou cinco dias de cadeia.

Na quarta manhã do meu prazo acordei para encontrar um velho conhecido, trazido durante a noite. Era Louco Hernandez, o escritor lavador de pratos, sentado no seu beliche fumando um cigarro. Saltou sobre mim como um amigo adorado, dançando comigo ao redor da cela. Hernandez era acusado de posse de maconha. Não só fora acusado disso, como fumava a erva, o baseado escondido nas suas mãos em concha. Aquilo explicava o entusiasmo diante do nosso reencontro. Tirando vantagem de sua euforia, pedi que me emprestasse um dinheiro.

— Tudo o que eu tenho! — e tirou o sapato, arrancou uma nota lá de dentro e estalou-a na minha mão. Um dólar. — Tem mais de onde essa veio! — gabou-se.

Não era assim. Vi o interior do sapato e não havia mais nada lá.

Oh, aquele Hernandez! Ele jamais saberia o que o seu dólar significava para mim na manhã em que fui liberado — o Grande Bonde Vermelho me levou de volta ao porto, nada de pegar carona, nenhum receio de ser apanhado de novo pelos tiras, uma viagem de volta à Companhia Pesqueira Toyo e ao meu amigo Coletti.

Ele estudava alguns papéis sobre sua mesa.

Eu disse:

— Olá, sr. Coletti.

— Pensei que quisesse trabalhar.

— Estive doente, no hospital.

— Está com cara de doente agora.

— Estou bem.

— Procure Julio no armazém.

Julio era o chefe da turma de trabalho — dez homens, seis mexicanos, quatro filipinos. Carregavam um vagão ferroviário com caixas de papelão que continham latas de atum. Entrei nessa. Eles arremessavam aquelas caixas como se fossem bolas de basquete, rindo e brincando. Eu tinha de acompanhar cada um com o que restava da minha força. Foi um dia comprido e, quando terminou, eu não conseguia fechar os dedos.

Voltei ao escritório de Coletti. Estava colocando o casaco.

— E então?

— Podia me pagar o dia de hoje?

— Não fazemos isso aqui.

— Preciso conseguir um quarto.

— Jesus, você está cheio de problemas.

Mas acabou me dando seis dólares da gaveta da caixa registradora.

# 10

Fui um fracasso na Companhia Pesqueira Toyo. Uma desgraça para mim mesmo. Não aguentei o tranco. O trabalho era demais para mim. Aos dezoito anos, em meu último ano do ensino médio, eu pesava 72 quilos, não era um homem forte, mas um homem troncudo e sólido com músculos rijos e pernas fortes, um meia durão e um jogador de beisebol ligeiro. Na fábrica de conservas o jogo era diferente. Os filipinos magrelos, os mexicanos incansáveis, me faziam parecer um impostor e eu me envergonhava, flagelando-me inutilmente. Eles levantavam sacas de sal grosso de 45 quilos com facilidade enquanto eu cambaleava com o rosto arroxeado e as deixava cair. Jogavam pás cheias de gelo moído sem descanso enquanto eu fazia pausas, ofegante. Meu patrão, Julio, observava sem dizer nada. Os outros homens viam também, mas fingiam não ver. Esperavam o desfecho, esperavam que eu jogasse a toalha. Até Coletti começou a aparecer, observando o trabalho pela porta, dando uma olhada e depois indo embora. Chegou um dia em que tivemos de retirar toneladas de gelo do porão de carga de um veleiro de atum semiafundado. Em botas que subiam até os quadris chapinhamos em água gelada durante dois dias. Parei para descansar numas pilhas de sacas e adormeci. Julio me acordou. O trabalho havia terminado, o gelo fora retirado. Eu sentia frio e tremia. Coletti queria falar comigo.

— Você está demitido — disse ele, entregando-me um cheque de pagamento.

Eu ficara na Companhia Pesqueira Toyo duas semanas e dois dias. O cheque pagava a terceira semana completa.

— Um pequeno bônus — disse Coletti.

E agora? Um homem que sequer sabia mover fertilizante de peixe com uma pá, onde é que eu me encaixava no mundo? Lembrei de outra existência, as horas sagradas com Dostoiévski, e eu sabia que nunca mais seria daquele jeito de novo. Um zelador, talvez. Uma lojinha de tabaco? Um mensageiro de hotel? Meu avô, o pai do meu pai, foi um afiador de facas itinerante nos Abruzos. Seria aquele meu destino também? Subitamente quis ir para casa, para a casa do meu pai, para os braços da minha mãe, para o seu minestrone, para minha velha cama, para ficar deitado ali pelo resto da vida. Mas era impossível. Como podia encará-los? Tinha escrito umas poucas cartas para casa naqueles primeiros dias — tudo invenções, tudo mentiras. Não seria capaz de confrontá-los agora.

Foi bem sincronizado. Cheguei em San Elmo três horas depois que a gripe me atingiu. Minha mãe deixou a pia da cozinha para me encontrar na porta.

— Henry! Meu Deus, o que aconteceu?

Colocou-me na cama. Trouxe sopa quente. Chamou o dr. Maselli. Ele deixou antibióticos. Acordei e meu pai olhou do alto para mim.

— Como se sente?

— Ótimo — falei.

— Quanto tempo vai ficar?

— O mais que puder.

— Quer trabalhar para mim?

— Não já neste momento.

— Durma. Vamos conversar depois.

Comi e dormi. Às vezes eu dormia e comia. Então meu cólon apertou. Minha mãe trouxe um saco de lavagem intestinal. A poção não funcionou. Trouxe-me outra. Tranquei a porta do banheiro e apliquei o clister. Sucesso. Saiu tudo aos borbotões. Do outro lado da porta minha mãe aplaudiu.

— Graças a Deus, oh, graças a Deus!

Era como se a purgação tivesse explodido com tudo que me perturbava — os venenos do corpo, as abominações da alma. Na manhã seguinte eu me sentia limpo e puro. Coloquei uma mesa de jogo ao lado da janela e comecei a escrever.

Escrevi à mão, em papel pautado numa prancheta de escola, pois de máquinas de escrever eu nada sabia nem me importava. Minha caligrafia era suficiente, pois era nítida, esmerada e limpa. Em dois dias, tinha acabado: um conto sobre a Companhia Pesqueira Toyo, os rapazes e as moças que trabalhavam lá, e uma história de amor entre meu patrão José e uma garota mexicana. Quando terminou, parei para ver o que tinha fabricado. Não, não era Fiodor Dostoiévski. Eu não sabia o que era. Um pastiche. Era Jack London, Raymond Chandler, James M. Cain, Hemingway, Steinbeck e Scott Fitzgerald. Mostrava até traços de Henry Molise. Uma maravilha, uma coisa bela. O que fazer com ela? Onde eu poderia conseguir mais dinheiro? Em *The Saturday Evening Post*, é claro. Eu o mandei, com prancheta e tudo.

Foi devolvido tão rápido que me perguntei se realmente havia deixado a cidade e seguido o caminho todo até Filadélfia e voltado. Sorri com o bilhete de rejeição. Não importava. Eu tinha outra história pronta para enviar. A nova foi para *The Saturday Evening Post*, a outra para *Collier's*. Em dois meses — me defendendo do meu velho com uma mão e escrevendo com a outra — completei cinco histórias sobre a fábrica de enlatados, sobre o porto de Los Angeles, sobre filipinos e mexicanos. Nem uma palavra de apreciação do *Post* ou da *Collier's*. Nem uma linha humana escrita dando conta da minha existência. Minuciosamente, examinei cada página dos manuscritos rejeitados. Não achei sequer uma impressão digital ou mancha, nenhuma marca. Um momento ruim. O velho me observava, como faria com um cão indesejado cujo caso tinha de ser resolvido, um cão que comia demais e soltava pelos sobre o sofá. Houve época em que ele rosnava porque eu lia demais. Agora rosnava porque eu escrevia demais. Cheguei àquele último esforço valente. Terminei a história sobre o Louco Hernandez e despachei-a correndo para o *Post*. Com ela iam minhas últimas esperanças de escapar dos tijolos, das pedras e do cimento. A história foi devolvida ainda mais depressa do que as outras, parecia. Sentei-me nos degraus da varanda e rasguei a ponta do envelope pardo. Recebi um choque. Havia uma carta presa ao manuscrito. Dizia:

> Prezado sr. Molise:
>
> O que o senhor tem contra a máquina de escrever? Se quiser datilografar este manuscrito em papel comum de 8½ x 12 polegadas ficarei feliz em examiná-lo outra vez. O impressor jamais tocaria nele na presente forma.
>
> Atenciosamente,

Forcei-me a caminhar devagar até o *San Elmo Journal*. As batidas do coração explodiam na minha garganta, meu receio era cair na rua com a história do Louco Hernandez agarrada a meus braços. Entreguei-a para Art Cohen, o editor do *Journal* e meu professor de inglês na escola secundária. Levou-me até uma máquina de escrever nos fundos do escritório e me sentou diante dela. Durante meia hora ensinou-me o seu funcionamento. Então fiquei por minha própria conta. Levei dois dias para escrever a história do Louco Hernandez. Levei dez dias para datilografá-la sem erros. O que importa, dez dias? Quando o cheque chegasse, eu iria para São Francisco e acharia um quarto em North Beach. Compraria uma máquina de escrever, a colocaria perto de uma janela com vista para a baía, e escreveria. Melhor que tudo, não teria que me preocupar em carregar um cocho de pedreiro, misturar lama e chafurdar em concreto molhado.

O que é isso, Dostoiévski? Não aprova o *Saturday Evening Post*? Pois me deixe lhe dizer uma coisa, Fiodor. Vi suas matérias jornalísticas de 1875 e, sinceramente, eram muito fracas e comerciais, mas lhe trouxeram uns bons rublos. Então não vamos nos envergonhar da história no *Post*. Você fez pior na sua época...

Fiquei deitado na escuridão, no nicho do colchão de minha mãe respirando a doce essência dos seus cabelos e lá estava ele de novo, meu incansável velho pai, ainda tentando me arrastar para aquelas montanhas mortíferas onde o concreto esperava e algum tolo queria construir um defumador de pedra. Então a coisa se resumia nisso. Depois de trinta anos eu via a luz. Por fim, eu era um carregador de cocho de pedreiro.

# 11

Barulhos me acordaram de manhã — o arrastar de sapatos pesados sob minha janela, tábuas caindo, vozes berrantes, risadas. O sol se erguera, estava quente e cheio de maldade enquanto tentava romper as venezianas.

Encontrei um velho robe de flanela de minha mãe no armário e saí para a varanda da frente. Zarlingo, Cavallaro e meu pai carregavam material de construção até a Datsun na frente da casa e o enfiavam no motor-home — pranchas, pás, cochos, um carrinho de mão, ferramentas. Suavam no calor da manhã; as costas da camisa cáqui de papai estavam ensopadas ao longo da espinha, seu rosto vermelho como uma rosa.

Pararam junto ao carro para enxugar o rosto e tomar cerveja de lata. O céu era um lençol de fogo azul sem nuvens, trêmulo, vasto. Demorou um minuto para me avistarem.

— Ainda não se vestiu? — perguntou meu pai.

— Não, ainda não me vesti.

— Por que não vai se vestir como todos os outros?

— Acabei de acordar. Isso o incomoda?

— Está trabalhando para mim ou não?

— Ainda não estamos nas montanhas.

Zarlingo olhou para dentro do motor-home.

— Que merda. Estamos sem cerveja.

— Vamos ao Roma — disse papai — Gosto mais daquela cerveja de barril.

Mirou-me com os olhos semicerrados através do sol causticante.

— Vista uma roupa. Está com o roupão da sua mãe. Tire isso. Partimos em uma hora. Esteja pronto.

Entraram na cabine do Datsun, Zarlingo ao volante. Não gostei da cara da coisa. O ar fremia com vibrações diabólicas. Quando o motor-home se deslocava, gritei. Zarlingo freou e parou e eu caminhei até o carro. Nick botou a cabeça pela janela.

— Qual é o problema agora?

Acenei com a cabeça para seus dois amigos.

— Esses dois pinguços vão trabalhar para o senhor também? Se forem, eu me demito agora mesmo.

— Demite? — explodiu ele. — Ainda nem começou!

— Afinal, eles vão ou não vão?

Zarlingo colocou uma das mãos, conciliadora, sobre o joelho do meu pai para acalmá-lo.

— Deixe-me falar com o garoto, Nick — e virou-se para mim. — Ouça, filho. Não vamos trabalhar para seu pai.

Revidei:

— Não me chame de filho.

— Só estamos tentando dar uma mãozinha para ele — continuou. — Está certo, companheiro? Por que não cala a boca e se manda?

— *Mannaggia*! — meu pai urrou, despencando do carro e me encarando nariz contra nariz, salpicando-me de perdigotos. — Que está querendo fazer comigo? Estes caras são meus amigos. Estão me fazendo um favor, levando todo o meu material ao canteiro de obras, de graça, então que direito você tem de falar assim? Use a cabeça. Mostre algum respeito.

Ofendidos e afrontados, Zarlingo e Cavallaro olharam para a frente. Não me importava que Papa os defendesse, eles eram uns velhos bandidos, cruéis e malévolos, e era impossível ser educado com eles, mas eu cedi, só para fazer as pazes.

— Eu peço desculpas.

Continuaram rígidos e injuriados. Meu pai subiu de novo na cabine.

— Vamos sair daqui — disse ele.

Zarlingo engrenou as marchas e quando o carro partia meu pai botou a cabeça para fora da janela.

— Vá se vestir, porra. E tire esse roupão.

Tremi com aquilo, aquelas terríveis vibrações: havia algo estúpido e inexorável em toda aquela história, uma armadilha, um buraco negro cheio de cascavéis. Ali e na hora eu devia ter corrido fora, mesmo no velho roupão de flanela da minha mãe eu devia ter pegado o primeiro ônibus que saísse da cidade.

Em vez disso, tomei um banho, fiz a barba e vesti as velhas roupas da minha juventude — calças de veludo cotelê, um pulôver, botas com tachas. Como era bizarra a sensação de estar naquelas velhas roupas, uma cobra se desfazendo de sua pele para encontrar uma pele mais velha por baixo. Sentia-me como um velho de dezesseis anos.

As roupas intrigaram minha mãe. Não gostou delas.

— Você parece jovem demais — disse ela.

— São uma loucura.

Eu queria dizer que pareciam as roupas de alguém que tinha morrido, a época da minha juventude, uma época de tensão e crise, a pobreza da família em meio à prosperidade de meu pai, a raiva diante dele, a convicção de que Deus não governava o mundo afinal, a ânsia de desejar e conquistar, de pular as cercas da casa e da cidade, de me transformar em outra pessoa, de escrever, de trepar e de escrever.

Tomando o café da manhã tive uma mudança de perspectiva nascendo da mudança de roupas — as mesmas facas e garfos da minha juventude, os mesmos pratos, o mesmo cabo macio e gasto da faca de pão, o crucifixo envelhecido pendurado sobre o fogão — todas essas coisas velhas, usadas e macias como a palma da mão de minha mãe. Ela ficou me olhando enquanto eu bebericava o café, seus olhos confusos, incertos de minha identidade.

— Você não tem de trabalhar para o seu pai. Talvez não deva fazer isso.

— Eu sei.

— Faça o que for certo para você mesmo.

A moralidade daquilo não estava em questão. O que importava era que eu vira a morte brilhando através do rosto de um velho que se agarrava ferozmente à vida. Não admira que ele fosse teimoso, caprichoso, egocêntrico e tocado pela loucura. Mas ainda era meu pai. Se eu o abandonasse em seu último grito de realização isso talvez apressasse sua morte e eu não queria aquela sombra sobre todo o resto de minha vida. Eu nunca chegara, com efeito, a me recusar a ir às montanhas com ele. Apenas deixara que ele e minha mãe me envolvessem no seu plano. Meu pai tinha direito a este último triunfo insignificante, a sua casinha de pedra nas Sierras.

# 12

Faltando meia hora para partirmos, decidi surpreender minha mulher visitando sua mãe. Hilda Dietrich tinha oitenta anos, morava sozinha numa casa branca que parecia uma caixa de joias, a poucas quadras de distância. A casa tinha cem anos, era bem pequena, com uma varanda cercada por pilares brancos, madressilvas e roseiras escalando seu pórtico de treliças. O terreno era tão limpo e ordeiro que parecia um cenário de teatro. Da cerca branca de estacas na frente até a alta sebe viva de eugênias que margeava o beco espalhava-se um acre gramado de dicondras cercando canteiros e bacias de água para os pássaros se banharem. Nenhum galhinho quebrado ou folha caída empanava a superfície do gramado. O local era famoso na região. Todo mundo tirava fotos dele, um ponto original da Califórnia, cuidado apaixonadamente por uma velha senhora orgulhosa que fizera dele a obra de sua vida.

Hilda Dietrich e eu tínhamos um laço comum que nos unia para sempre: detestávamos um ao outro. Ela nunca perdoara Harriet por se tornar minha mulher e eu nunca a perdoara por ser a mãe da minha mulher.

Era o meu lado italiano que Hilda achava insuportável. San Elmo mudou agora, mas durante quarenta anos a cidade fora um terço italiana. Os sangue-azuis da região, os americanos protestantes — os Schmid, os Eicheldorn, os Kisberg e os Dietrich — de repente se viram horrorizados vizinhos de carcamanos barulhentos que trabalhavam nos trilhos da Southern Pacific. Eles propagavam famílias grandes e ofensivamente morenas e construíram uma Igreja Romana para administrar suas superstições primitivas.

Com a chegada da Lei Seca, muitos desses carcamanos entraram para o negócio da venda ilegal de bebida. Compraram terras, cultivaram videiras e alcançaram uma incômoda respeitabilidade, apesar de algumas bombas estouradas e dois ou três assassinatos de gangues. Em 1926, a fachada do Café Roma foi explodida, e em 1931 um capanga chamado Petresini foi morto a tiros na esquina de Lincoln e Vernon. As balas que mataram Petresini se encravaram num poste telefônico no local e cada geração de garotos a partir de então explorava os furos de balas como são Tomé colocando seus dedos desconfiados nas feridas do Salvador.

Na época de Franklin Roosevelt, Hilda Dietrich tinha quarenta anos. Era dona de casa e mãe, casada com o reverendo Herman Dietrich, pastor da Igreja Luterana. Como seu marido, que dizia muito do púlpito, a sra. Dietrich estava convicta de que os italianos eram criaturas de sangue africano, que todos os italianos carregavam punhais e que o país estava nas garras da Máfia. Não era uma teoria extremista. Uma porção de pessoas preocupadas acreditava nisso, em especial os ítalo-americanos.

Conheci Harriet Dietrich no ano seguinte à morte do seu pai, no verão do meu primeiro livro. Ela voltara para casa, vinda de Berkeley, e trabalhava como assistente na biblioteca pública. Autografei os dois exemplares da biblioteca e ela os apertou contra o peito e elogiou meu trabalho, por nobreza de propósitos, estilo renovador et cetera. Era melhor que Faulkner, insistia, melhor que Hemingway. Concordei e saí ébrio da biblioteca, intoxicado. Que espírito adorável ela possuía! Tão bem-informada, tão perspicaz, com uma visão ampla da literatura mundial que me deixava sem fôlego. Quando a noite chegou quatro horas depois eu estava de pé na sua varanda da frente, ávido para continuar nossa estimulante conversação.

Como não fora convidado, ela ficou surpresa ao me ver, dando um sorriso de boas-vindas e abrindo a porta para uma pequena sala de estar vitoriana com poltronas de veludo vermelho e um sofá do tipo namoradeira. Num sussurro disse que sua mãe já tinha ido dormir no quarto contíguo. Deixei que isso me alarmasse e pedi desculpas, indo para a porta da frente, sabendo que ela iria me deter, o que logo fez, conduzindo-me de volta à namoradeira, onde fiquei olhando sem parar seu traseiro nobre, macio e sensual e me perguntando se seus pelos pubianos seriam tão louros como suas tranças que caíam aos ombros. Sua voz era suave como o vento da noite, e eu fantasiava sua boca de cereja murmurando: "Me foda, por favor, me foda, Henry!" Vi seus joelhos dourados cruzando e descruzando debaixo de uma saia curta e suspirei diante do pensamento de ser aprisionado entre eles num golpe de tesoura. A cada respiração seu peito estufava e eu brincava com a ideia de puxar seus seios para fora do vestido num gesto dramático, como se erguendo cálices dourados para o céu. Com certeza eu iria comer essa mulher, pois já estávamos sob a pele um do outro, buscando posições. Não era amor, mas o desejo era melhor.

Então a sra. Dietrich gritou do quarto de dormir, aguda e irritadamente.

— Harriet, quer vir aqui um pouquinho, por favor?

Harriet pareceu ameaçada, sorrindo constrangida ao pedir licença e abrir a porta do quarto da mãe. O quarto estava na escuridão. Harriet fechou a porta e houve um rumor de vozes zangadas sussurradas. Pouco depois, Harriet saiu, os olhos queimando de raiva. Evitou meu olhar e acalmou-se.

— Algo errado? — perguntei.

Ela sorriu.

— Detesto perguntar-lhe isso, mas você está... armado?

— Quer saber se eu carrego uma arma?

Era tão absurdo que ela riu.

— Minha mãe diz que você... poderia ter uma faca.

— Por quê?

— Você é italiano.

Eu disse:

— Que merda, ela é maluca.

A porta do quarto se abriu e a sra. Dietrich parou na soleira, um roupão sobre a camisola, os pés em chinelos. Comentavam que ela havia sido uma das mulheres mais bonitas da cidade. Não mais, naquele momento. Tinha papadas e os tendões do pescoço saltados, mas seu corpo era arredondado e atraente. Erguendo o braço imperiosamente, ela apontou para a porta da frente.

— Fora! — exigiu. — Fora da minha casa, rapaz, ou chamo a polícia.

Olhei para Harriet.

— Qual é o problema?

— Por favor, vá — disse ela, pegando minha mão. — Por favor.

Caminhei até a porta com ela.

— O que está acontecendo aqui?

Com gentileza ela me empurrou para a varanda.

— Vejo você amanhã na biblioteca.

— Feche essa porta — ordenou a sra. Dietrich.

Harriet era corajosa, mas aprendera a temer sua mãe intratável. A sra. Dietrich, claro, proibiu-a de me ver de novo, por isso fomos forçados a nos encontrar às escondidas. Não era tarefa fácil no condado de Placer. Havia Dietrich por toda parte — em cidades, fazendas e nos assentamentos nas montanhas. Em carros separados, nos encontrávamos em cafés de estrada, estradas secundárias, fazendas abandonadas, pomares e vinhedos.

Se um primo ou tio Dietrich nos avistava, um relatório era apresentado por telefone à rainha em San Elmo. Era divertido no começo, mas depois de dois meses cansamos daquilo. Uma manhã em julho parei o carro diante da biblioteca pública, peguei Harriet pelo braço e a levei até o carro. Fomos até o lado do lago Tahoe que fica em Nevada e nos casamos diante de um juiz de paz. Passamos a lua de mel num hotel à beira do lago e na manhã seguinte partimos para San Elmo para uma confrontação com La Dietrich. Chovia forte quando paramos diante da casa.

Quando descemos do carro, a sra. Dietrich saiu da casa com uma capa de chuva e segurando um guarda-chuva. Seu olhar furibundo, os tendões protuberantes no pescoço, diziam-nos que já sabia e nada havia a dizer. De mãos dadas subimos os degraus da varanda. Harriet arriscou um sorriso.

— Mamãe, Henry e eu nos casamos.

A sra. Dietrich ergueu o guarda-chuva e me golpeou na cabeça com ele.

Isso aconteceu 25 anos atrás e Harriet e sua mãe desde então tinham chegado a uma acomodação quanto ao casamento. Correspondiam-se, falavam por telefone e nossos dois filhos passavam verões frequentes com a avó em San Elmo.

Mas Henry Molise era anátema. Seu nome, seus livros, seus filmes nunca eram discutidos na casa dos Dietrich. Sempre que visitávamos San Elmo, Harriet ficava na casa de sua mãe e eu com os meus pais. No entanto, há quatro anos, Hilda Dietrich caiu de cama com pneumonia e Harriet e eu pegamos um avião e fomos até San Elmo porque o médico disse que era um caso crítico e nos aconselhou a vê-la. Foi a primeira e a última vez que fiquei na casa dos Dietrich.

Evitei a enferma tanto quanto possível, jogando golfe durante o dia, ficando longe de sua vista, tomando cuidado para não piorar sua condição. Para surpresa do médico, ela estava bem e de pé dois dias depois que chegamos. Ele chamou aquilo um milagre dos antibióticos, mas eu sabia que não era bem isso. Hilda Dietrich se empenhara em recuperar a saúde simplesmente a fim de me expulsar de sua casa. Quando partimos, ela veio até a varanda para dar um beijo de adeus em Harriet e agradecer-lhe por ter vindo.

Ignorando minha mão, ela disse:

— Adeus, sr. Malícia.

— Molise — corrigi.

Ela deu um sorriso maldoso:

— Ora, que diferença faz!

Descemos as escadas até um táxi que nos esperava.

— Cadela! — xinguei.

— Seja tolerante — disse Harriet.

— Cadela!

Apertei a campainha de carrilhão de Hilda Dietrich quatro vezes antes que as cortinas se abrissem e o rosto da velha senhora aparecesse por trás da porta de vidro, seus olhos frios abrindo-se em contrariedade. Ficou ali, parada, sem fazer nenhum movimento para abrir a porta.

Eu disse:

— Bom dia.

— O que é? — perguntou ela.

— Harriet pediu-me que passasse por aqui.

— Para quê?

— Apenas uma visita. Ver como a senhora está.

Ela hesitou.

— Estou muito ocupada agora. Diga a Harriet que estou muito bem.

— Só vou ficar um momento.

— Em outra ocasião, sr. Malícia.

— Molise — pronunciei. — Com um "o".

— Já que está aqui, gostaria que levasse seus tacos de golfe.

Eu havia deixado os tacos quando a visitamos durante sua doença. Deliberadamente, pois eu gostava do campo local, mas não da chatice de viajar com tacos de golfe. Além do mais, eu tinha um outro jogo de tacos em casa.

— Preferiria deixá-los aqui, se não estiverem incomodando.

— Claro que estão — retrucou.

— Nesse caso vou levá-los — falei, esperando que ela abrisse a porta.

— Estão no galpão de ferramentas.

A conversa congelou enquanto olhávamos um ao outro e senti o sangue ferver em minha garganta, a necessidade de pegar seu velho pescoço encordoado em minhas mãos e quebrá-lo.

A profundidade de sua aversão por mim era incomensurável. Harriet dissera que ela havia "mudado". Seria esta a mudança, que ela me odiava mais? O que havia feito a essa mulher? Se fosse cruel com sua filha ou me apanhassem em flagrante com outra mulher, a medida da amargura de uma mãe seria compreensível. Mas havia mais do que ódio naqueles olhos velhos reluzentes. Havia medo neles, paranoia, uma obsessão doentia, o medo de que eu pudesse retalhá-la com uma faca, ao estilo italiano. Nada que eu dissesse ou fizesse tiraria aquilo da sua cabeça e fiquei enojado e enraivecido.

Virei-me, descendo depressa as escadas da varanda e correndo ao redor da casa até o galpão das ferramentas. Meus tacos de golfe! Eu os havia escondido longe de tudo, num canto distante do armário do quarto. Meus belos Stan Thompsons feitos sob encomenda, quatro tacos de madeira, nove de ferro, com punhos especiais, hastes levíssimas de grafite — armas caras, perfeitamente balanceadas, que atiravam uma bola certeira a longas distâncias.

E lá estavam eles, no piso úmido de tijolo cru do galpão de ferramentas, o saco de couro soltando lascas enquanto eu o levantava. Chocante. Um desastre. Tão sacrílego quanto cuspir na hóstia sagrada. Só um golfista entenderia esse crime devasso e brutal. Cada taco estava enferrujado, cada punho soltando-se da haste. Era mais do que um assassinato de tacos de golfe. Era um ataque contra mim, minha vida, meu prazer. Só uma mente perturbada seria capaz de praticar tal profanação.

Eu queria vingança, queria retaliar, destruir. Olhei ao meu redor e os vi pendurados e organizados em ganchos — seus ancinhos, pás, tesouras, suas ferramentas de jardinagem. Peguei uma serra e uma pá e dei um suspiro de satisfação maligna enquanto os dentes da serra cortavam o cabo de uma pá. Mas quando acabou eu me senti absurdo e embaraçado.

Descobri então as luvas, um par de luvas de jardinagem, femininas e de couro, com os contornos das mãos pequenas de Hilda Dietrich. Abri minha braguilha e despejei o líquido dourado dentro delas. Adquiriram um formato humano quando as pendurei de novo: estavam recheadas, grotescas, vazando, as palmas abertas, úmidas e suplicantes.

# 13

Os três idosos esperavam no motor-home Datsun quando voltei para casa — Zarlingo ao volante, meu pai entre ele e Cavallaro.

— Onde esteve? — meu pai perguntou pastosamente, arrastando a língua. — A gente tem que ir.

Caminhei até eles e estudei seus rostos indolentes. Cavallaro podia estar sóbrio, mas Zarlingo e meu pai estavam bêbados, fumando charutos compridos. Zarlingo estava bem mamado, babando pelos cantos da boca.

Ele disse:

— Vamos nos mandar daqui.

— Você está bêbado demais para dirigir — falei.

Sorriu com um ar debiloide.

— Que é que há, fedelho? Tá com medo?

— Morrendo de medo. Eu não vou.

Comecei a andar na direção da casa, e ficaram olhando para mim. Minha mãe observava detrás da porta de tela.

— Eles são má companhia, Henry. Seja um bom menino. Não vá com eles.

Seguiu-me até a cozinha e ficou olhando enquanto eu preparava um sanduíche de salame.

— Tive um sonho terrível a noite passada — lembrou. — O carro caía num despenhadeiro e você morria. Seu peito se abria ao meio e você gritava sem parar, mas ninguém aparecia.

— Que coisa, mãe. Obrigado por me contar.

Cavallaro entrou na casa e parou hesitante à porta da cozinha.

— O que é que *você* quer? — perguntei.

— Você se sentiria melhor se eu dirigisse?

— Está sóbrio?

— Só duas cervejas, juro por Deus.

Mordi o sanduíche e pensei na questão. Cavallaro tentava ser sensato. Não tinha nada da grosseria de Zarlingo.

— Mama — falei —, você confia neste homem?

Ela aproximou-se dele e olhou no seu rosto.

— Jure que não vai beber, Louie.

— Eu juro — disse ele, erguendo a mão direita.

— Jure pelo sangue da Virgem Abençoada.

— Eu juro.

Mama lançou-me um sorriso confiante.

— Vá com eles, Henry. Tudo vai dar certo.

Subitamente a câmera do meu destino projetava um mar escuro e vi peixes nadando entre meus ossos brancos e limpos. Olhei para Cavallaro, para minha mãe, e fiquei desconcertado. Talvez o homem que tinha mijado nas luvas fosse o mais louco de todos eles.

Queriam que eu subisse na frente da cabine com eles, mas eu logo reagi.

— Tem lugar pra caramba — disse meu pai. — Sente no meu colo.

— Não, obrigado, paizinho. Vou ficar no home.

Estava entulhado com as tralhas de meu pai, que eu mexi para cá e para lá até encontrar um lugar para acomodar o carrinho de mão. Coloquei uma lona sobre ele e sentei-me ao estilo de um guru. Sem dúvida fora a mulher de Zarlingo quem pendurara as cortinas de organdi cor-de-rosa. O interior era como um bordel ambulante que prestava serviço a um pedreiro com toda sua parafernália. Espiando pela janela, vi minha mãe chorando e acenando com um lencinho enquanto eu dava pesarosamente o que poderia ser meu último olhar para a casa. Cavallaro rodou pela Pleasant Street até Lincoln e depois para leste na Vernon para a Rodovia 80.

A poucos quilômetros da saída da cidade, os velhos gatarrões começaram a harmonizar, vociferando favoritos da sua juventude: *Let Me Call You Sweetheart, The Prisoner's Song* e *Three O'Clock in the Morning*. Eram muito desafinados, mas se sentiam felizes, companheiros da estrada, livres, viajando, aventurando-se como nos velhos tempos.

Pela janela as adoráveis encostas iam passando, a manzanita, o carvalho rasteiro e o pinheiro, as fazendas, os vinhedos, gado e carneiros pastando entre pedras brancas, os pomares de pêssego e pera. O outono lá em cima era uma estação marcante em que a terra mostrava seu músculo e sua fertilidade, e havia uma sensação vibrante no ar.

Ouvi uma batida no vidro de trás da cabine. Abri.

— Quer uma cerveja? — meu pai perguntou.

— Claro.

Ele passou-a pela janelinha, gotejante e fria da pequena geladeira, divina em minha garganta quente, uma perfeição, com o calor do sol acima, os picos brancos das Sierras a distância, e o Datsun sussurrando confiante ao longo da ampla rodovia. Sentia-me bem agora. Talvez a viagem desse certo, afinal de contas.

# 14

Trinta e cinco quilômetros a leste de San Elmo o motor-home desacelerou enquanto Cavallaro fazia uma curva fechada à direita. Estávamos entrando nos vinhedos de Angelo Musso, solo sagrado para meu pai e seus amigos. Durante cinquenta anos eles haviam bebido o genial Chianti e o clarete das videiras dessas colinas rochosas. Não só eram fregueses de Angelo, eram na verdade seus escravos, angustiados quando sua colheita falhava, pois seu vinho era de fato o leite de sua segunda infância, entregue na porta dos fundos do consumidor em garrafões de um galão uma vez por mês, substituindo os cascos vazios que eram levados de volta para a vinícola.

A cada cinco anos, mais ou menos, uma geada destruía os vinhedos, ou o vinho novo ficava inexplicavelmente azedo e os *paisani* tinham de mudar para outra marca. Isso lhes trazia desespero, insônia e reumatismo. Sem exceção, os fregueses de Angelo viviam apavorados de que ele morresse antes deles.

Os pneus crepitavam na entrada de cascalho quando encostamos o carro na lateral da casa de Musso e saltamos do carro. Era uma bela casa, uma casa de pedra de dois andares construída por meu pai havia muito tempo. Videiras maciças a cobriam agora, subindo pela chaminé que encimava a cobertura de telhas. Um rumor, como o som distante do trânsito, fazia o ar pulsar. Eram abelhas, milhares delas, zumbindo geniosamente nas videiras, um som de mmmmmm funéreo quando você voltava sua atenção para a pesarosa cadência de seu misterioso réquiem que parecia erguer a casa e sustentá-la em melancólica suspensão.

Ao lado da casa ficava um denso caramanchão de vinhas, tão impenetrável que bloqueava a luz quente do sol e, debaixo dele, no final de uma longa mesa de piquenique, estava sentado Angelo Musso, 84 anos, um gnomo calvo, bronzeado, com olhos fulvos moscatel. Sua poltrona era de pelo de cabra angorá, surrada e estofada de maneira exagerada, tão baixa que o queixo do velho mal passava do nível da mesa.

Angelo Musso não podia pronunciar uma palavra, pois sua caixa vocal cancerosa fora extirpada havia dez anos. Cinza de cigarro formava uma trilha na frente de sua camisa azul e ele tossia muito, pois fumava sem parar, com dois maços de Camels na mesa à sua frente, assim como uma garrafa de vinho, um isqueiro e um cinzeiro transbordante.

Para meu pai e a maioria dos velhos italianos no Condado de Placer, Angelo Musso era extraespecial, um antigo oráculo que não dispensava inteligência, um sábio que não dava nenhum conselho, um profeta sem previsões e um deus que fermentava o vinho mais encantador do mundo num pequeno vinhedo de trinta acres dotado de grandes pedras e videiras sublimes. Aquilo o tornava divino. E também o seu silêncio forçado. Como não podia falar, todo mundo o procurava com seus problemas. E todo mundo encontrava soluções em seus olhos amarelados.

Foi com reverência que nos aproximamos dele, monges em fila indiana prestando homenagem ao seu abade, fazendo mesuras, erguendo sua mão mumificada de veias azuis e beijando-a solenemente. Os outros falaram com ele num italiano sussurrado, congratulando-o por sua boa saúde, dizendo que parecia remoçar a cada ano que passava, fazendo-o sorrir num deleite desdentado.

Meu pai me apresentou e, embora o velho tivesse me visto várias vezes, não foi capaz de me reconhecer. Curvando-me segundo o costume, beijei o que parecia apenas ossos e pergaminho em sua mão, notei os dedos amarelados e cheirei a pele saturada de nicotina.

Sentamos diante da longa mesa e Angelo bateu com uma colher na garrafa de vinho. Ao toque, parecido com o de uma campainha, a porta da cozinha se abriu e uma mulher apareceu, carregando uma bandeja de comida e vinho.

Era baixa, pesada e graciosa como um elefante, rodopiando ao nosso redor, distribuindo copos de cristal, dois jarros de vinho e pratos de pão e queijo provolone. Parecia ter cinquenta anos, seu corpo maciço dando à sua cabeça a impressão de pequeneza, e ela quase não tinha pescoço. Sua roupa era um jaleco com peitilho sobre uma camiseta e um avental de coquetel com babados em torno da cintura. Ela também tinha um bigode, um leve buço que combinava com seus cabelos pretos. Olhei fascinado. Nunca a tinha visto antes.

— Odette, a governanta — meu pai sussurrou.

Logo Odette serviu os convidados, dando piruetas ao redor da mesa e voltando à cozinha.

Em respeito à mudez de Angelo não falamos enquanto comíamos e bebíamos e achei isso estranho; afinal, não havia nenhum problema com a audição de Angelo. Mas estalamos os lábios para mostrar nosso prazer com o vinho gelado, a mozzarella caseira e o pão italiano. As abelhas chegaram, uma ou duas de cada vez, em grupos exploratórios, e então enxames para investigar os convivas de Angelo, pousando em nossas camisas, em nossos braços, nas bordas dos copos e dos jarros. Formavam um pequeno halo ao redor dos cabelos grisalhos de Angelo e beliscavam seu queijo e seu vinho e ele parecia desfrutar sua companhia.

Logo eu também chamei sua atenção, de início, duas ou três, voando em círculos, degustando, cheirando, e a seguir uma turba uivante. Cobriram meus cabelos, meus ouvidos, minhas mãos, meu pescoço e lembrei-me dos caranguejos e tremi com um medo rastejante e um desejo de fugir para o campo aberto. Prendi a respiração, resisti ao pânico, sabendo que me atacariam se eu iniciasse uma corrida.

Angelo cacarejou diante da minha situação, um ruído galináceo na sua garganta morta, seus olhos desbotados tremeluzindo como velas.

— Vá devagar — advertiu meu pai. — Faça amizade com elas. Acostume-se.

Elas não me ferroaram, estavam apenas gozando de mim, e a maioria voou para longe tão subitamente como havia chegado. Entregamo-nos a beber em profunda meditação, o feitiço do vinho transcendendo o milagre do seu gosto, envolvendo nossas almas dentro do casulo das abelhas que zuniam, um sussurro doce, a colheita abundante e fresca naquelas colinas quentes enquanto Hipnos descia e o tempo passava embalado pelo rumor das abelhas.

Dormi cerca de uma hora, a cabeça nos braços, os braços sobre a mesa. Ao acordar, bombas detonaram em meu crânio e meus olhos tentaram explodir em suas órbitas. Meu pai estava sentado resmungando consigo mesmo, molhando um dedo no copo de vinho e o sugando tolamente. Vi Cavallaro tropeçar sob o sol escaldante, caminhando embriagado em nossa direção no caramanchão, tentando fechar o zíper de sua braguilha sem sucesso. Zarlingo tinha ido embora e também nosso idoso anfitrião.

Eu ansiava por água, água fria no meu rosto, no meu corpo, um córrego, um laguinho, um bebedouro de cavalos, frescor cristalino, então levantei-me e saí cambaleando debaixo do sol até a vinícola, a uns cem metros de distância, um prédio de pedra como a casa. O que havia acontecido? Eu bebera tanto assim? Tomar um copo de vinho, um segundo copo e até um terceiro, tudo bem. Mas mergulhar no vinho, bebê-lo além da saciedade, engolir no calor do dia, tentar a morte, serena e silenciosamente, na companhia de velhos pinguços — *mamma mia*!

A pesada porta de tábuas da vinícola rangeu nas dobradiças quando Zarlingo emergiu, ofuscado pelo sol, e avançou sobre mim. Estava pálido, seu rosto fissurado pela infelicidade. Como um zumbi empurrou-me de lado e arrastou-se de volta à casa, uma das mãos agarrando o cinto. Observei sua caminhada ziguezagueante. Suas calças estavam colocadas de trás para a frente.

Quando me virei, Odette me encarava na porta da vinícola e recuei surpreso. Ela sorriu com seu bigode encantador.

— Olá, amigão...

Eu disse:

— Oi.

— Quer fazer uma brincadeira?

Estendeu a mão para minha braguilha e eu recuei.

— Céus, não.

— Do jeito que quiser. Eu chupo também.

— Deixa para lá.

Afastei-me e apertei o passo pelo caminho, contornando a vinícola e saindo para os vinhedos. Num morro a duzentos metros vi aspersores oscilantes que formavam um arco-íris enquanto lançavam jatos de água num campo de brotos de vinha em floração. Corri até o canteiro, arranquei minhas roupas e fiquei nu na ponta do arco-íris. Foi um aguaceiro de verão, refrescando minha alma, nostálgico, um dia na Itália, as colinas da Toscana, e ao colocar minhas roupas estava sóbrio outra vez.

De volta à casa de Angelo, encontrei Zarlingo e Cavallaro adormecidos na cabine do motor-home. Meu pai não estava à vista. Fui até a porta da cozinha e bati várias vezes. Por fim, entrei numa cozinha imensa e em desordem. Odette não era uma boa empregada. A pia estava cheia de pratos sujos e um balde de faxina aberto ocupava o centro do aposento. Adormecido num sofá da biblioteca, sua dentadura e seus cigarros numa mesa ao lado, estava Angelo.

Saí de novo. Seguindo o caminho da vinícola, lá vinham Odette e meu pai. As pernas dele pareciam as de um boneco de trapo. O braço dela enlaçava a cintura dele e ela ria enquanto o carregava. Ele dormia a sono solto, as fraldas da camisa para fora. Odette e eu o enfiamos no assento do motorista e, enquanto sua bunda se avolumava sobre mim, eu lhe dei uma joelhada com toda a força que podia e fiquei feliz, feliz, feliz.

# 15

Por necessidade chegou a minha vez de dirigir, com Zarlingo atrás no carrinho de mão e meu pai na frente entre mim e Cavallaro. Deixamos a região das colinas, os pomares e os vinhedos, e começamos a subir para os picos da Sierra. O velho dormia profundamente em meu ombro, seu bafo tão azedo como aquele dos barris de Angelo Musso.

Depois de um tempo o ar ficou mais frio e surgiu uma névoa branca que rolava estrada abaixo. Abri a janela e pedaços de nuvem atravessaram os cabelos de meu pai. O ar era bom para ele, frio em suas narinas e nos pulmões, e ele acordou e olhou ao redor, os olhos parecendo cerejas esmagadas. Queria um charuto.

A estrada mergulhava e descia uns três quilômetros até um lugar chamado Alp Hollow. Havia uma mercearia e uma pequena cabana. Parei diante da mercearia e meu pai e Cavallaro desabaram da cabine como sacos de gravetos — dava para ouvir o estalido de seus ossos. Rosnando como uma besta, Zarlingo rastejou para fora do motor-home. Os três seguiram aos solavancos na direção de uma catedral de soberbos pinheiros, em diferentes direções, e urinaram, cada um contra uma árvore, secreta e furtivamente, oscilando como sonâmbulos, de costas um para o outro, recatados demais para exibirem seus paus.

Zarlingo e Cavallaro voltaram ao carro, mas meu pai caminhou até a mercearia. Voltou soltando baforadas de um charuto, um pacote debaixo do braço. Com uma grotesca dignidade de bêbado, seguiu até o motor-home e quase caiu de cara no chão ao escalar a boleia.

— Vamos em frente! — ordenou, como um tolo comandando outros tolos. Dei-lhe o meu olhar mais feio, enojado por sua avidez de bebida, pelos abusos do seu último punhado de dias.

Com um sorriso demoníaco ele abriu o saco de papel. Era meio litro de brandy. Olhou para mim e riu da minha aversão a ele, e eu senti raiva e nojo. Quando colocou a garrafa em sua boca eu a arranquei de sua mão e joguei pela janela. A garrafa explodiu contra uma pedra. Ele ficou surpreso, mas não sussurrou uma só palavra. Jogando as cinzas do charuto, seus olhos vermelhos alucinados passearam pelo para-brisa enquanto ele soltava baixinho um montão de xingamentos em italiano, algo sobre a América e cocô de cachorro.

Eram seis horas da tarde agora, o sol já havia deixado Alp Hollow havia muito e fazia frio com a noite que chegava rápida, mas ao sairmos de lá a luz do sol fazia um bolo de casamento dos picos nevados enquanto a Rodovia 80 serpenteava para o leste e até mais de dois mil metros. Com o sol poente em nossas costas, rodamos por solitárias aldeias das montanhas: Emigrant Gap, Cisco, Soda Springs, Donner Pass.

Além do desfiladeiro, meu pai me alertou para diminuir a velocidade.

— É subindo um pouco ali adiante.

Examinei o terreno em busca de sinais do campo de golfe de Monte Casino — os *greens* com bandeiras ondulantes, os golfistas, o gramado liso entre os buracos, a sede do clube.

Na verdade, no fundo do meu pensamento, a razão que mais me compelira a fazer a viagem era o campo de golfe. Olhando ao redor, o que eu via em ambos os lados da rodovia era um vasto oceano de pinheiros, altos e impenetráveis, estendendo-se ao infinito.

— Não estou vendo o campo de golfe, Papa.

Ele olhou para a frente sem dizer nada.

— Onde está o campo de golfe?

— Não tem nenhum.

— O senhor disse que havia um campo de golfe.

— Nenhum campo de golfe.

— Mas como?

— Eu disse que tinha. Pode me processar.

— Por que disse isso?

— Se não dissesse, você não teria vindo.

Virou-se para mim com dor e embaraço, olhos exauridos, homem exaurido, e eu tive uma súbita visão do passado, ele tinha nove anos numa aldeia italiana empobrecida, encurralado por seu pai em alguma farsa infantil, com a mesma expressão sofrida que seu rosto mostrava agora. Uma coisa triste, o modo como rugas se formavam em seu rosto e viravam sulcos impossíveis de apagar. Eu odiava a tristeza no seu rosto. Preferia quando ele era arrogante, egoísta, duro, um canalha consumado. Dei um tapinha em seu joelho.

— Tudo bem — sorri —, eu teria vindo de qualquer jeito.

Sua mão tremeu enquanto acendia um fósforo e o encostava na ponta do charuto que já estava aceso.

— Nenhuma quadra de tênis, também? — perguntei sorrindo.

— Nada de tênis.

— Nem piscina.

— Nem sonhar.

— E os ursos, e os lobos cinzentos?

Ele tentou rir e quase conseguiu.

A Estalagem Monte Casino não era estalagem coisa nenhuma. Era um motel. Meio quilômetro abaixo de uma estrada secundária que saía da rodovia chegamos a uma clareira na mata fechada. Uma dúzia de cabanas de toras espalhava-se entre as árvores, a maioria com carros estacionados ao seu lado. Não fossem os carros, o cenário poderia ser aquele de uma aldeia de colonos de cem anos atrás, a fumaça saindo das chaminés das cabanas e pairando em meio às árvores, o odor de bacon e bife permeando o ar gelado. Um anúncio de néon vermelho soletrando ESCRITÓRIO em cima da varanda da cabana mais distante estragava o ambiente primitivo.

Encostamos junto à varanda e meu pai tocou a buzina duas ou três vezes. Aquilo fez Sam Ramponi sair da cabana. Era um homem atarracado de setenta anos com uma barriga de balão, corpo de urso e rosto de lobo. Com um grito de jovial reconhecimento ele correu até nós enquanto meu pai e Cavallaro desciam do carro. Sem a menor dúvida, Sam Ramponi pertencia à irmandade da uva, seu rosto pesado estriado por teias de aranha púrpura de vasos sanguíneos rompidos, sua boca sorridente exibindo uma dentadura grande e repulsiva. Houve muitas risadas e apertos de mãos, e quando Zarlingo desceu do motor-home a confraternização começou de novo, tapinhas nas costas, gargalhadas, abraços — uma reunião da turma —, pois Sam Ramponi era um homem de San Elmo, um guarda-freios aposentado saudoso dos velhos tempos em que o Café Roma era o centro do universo e o mundo não havia se transformado em *merde*.

Olhou calorosamente enquanto meu pai nos apresentava.

— Meu filho mais velho. É meu assistente.

Ramponi agarrou minha mão.

— Olá, Tony. Estou lembrando de você agora! O melhor jogador de futebol que San Elmo já teve.

Meu nome não era Tony e eu nunca joguei futebol na escola, mas o homem só estava tentando ser amistoso.

— Rapaz! — meu pai latiu. — Descarregue o caminhão.

Era seu pior defeito: o patrão, a síndrome do magnata.

— Leve o carro até atrás daquelas cabanas. Vai ver pedras e um monte de areia. Descarregue ali. E tome cuidado com minhas ferramentas. É melhor cobrir elas, caso venha chuva.

Seus três amigos ficaram impressionados, olhando em silêncio.

— É para já, senhor! — Prestei uma continência e subi no carro.

Ramponi escoltou seus amigos até o escritório.

— Vamos lá, seus otários. Vamos jogar um carteado.

# 16

Estava escuro quando acabei de descarregar. Uma lua abóbora se insinuava na copa das árvores, iluminando o local do novo defumador — uma laje de concreto recém-colocado. Meu pai tinha razão. Ia ser um serviço pequeno e sem complicações e nós sairíamos dali em cerca de dez dias.

Um aviso de LOTADO brilhava acima da varanda quando levei o motor-home de volta ao escritório do motel e estacionei. Entrei, passei pelo balcão da recepção e fui até a cozinha, onde um jogo de pôquer estava em andamento, os quatro *paesani* sentados em torno de uma mesa coberta com uma toalha branca de linóleo. A sra. Ramponi, uma mulher frágil e pequenina, servia vinho de uma jarra de Angelo Musso. Era bem franzina. Segurava a jarra contra o peito com os dois braços enquanto servia, sua pele tinha um tom amarelado, seu couro cabeludo, debaixo dos cabelos brancos que rareavam, reluzia sob a luz que incidia sobre a mesa de jogo.

Do jeito que tratava a mulher, Sam Ramponi merecia ser metralhado ali e na hora por uma feminista como Gloria Steinem. Não se deu o trabalho de me apresentar e, quando ela me cumprimentou com um aceno de cabeça, sorrindo com dentes quebrados, eu lhe dei um alô.

— Dá um trago pra ele — mandou Sam.

A sra. Ramponi colocou a jarra no aparador a fim de liberar suas mãos e me oferecer um copo. Agradeci enquanto ela servia o vinho.

— De nada — disse ela.

— Fora! — ordenou Sam.

Prontamente ela atravessou a cozinha até um quarto aberto e sentou-se na penumbra perto da porta, de braços cruzados, aguardando novas ordens. Lembrava-me as velhas atendentes nos banheiros masculinos dos clubes noturnos de Roma. Pensei em juntar-me ao carteado por um tempo, mas, claro, eu era um estranho, de outra geração, e ninguém me convidou a sentar. Mas me aproximei da mesa e observei o jogo. Ramponi colocou um charuto novo na boca e procurou um fósforo. No mesmo instante, ela estava ao seu lado, segurando um fósforo aceso sob a mandíbula rija de Sam.

— Cabana sete — disse ele. — Virar o colchão. Trocar os lençóis para Nick e filho.

Ela saiu correndo.

Sam Ramponi dava as cartas. Era pôquer fechado, vale-tudo, limite de 25 centavos. As fichas eram para níqueis, dez e 25 centavos. Até aí era um jogo equilibrado, todo mundo com o mesmo número de fichas.

Quando Zarlingo pegou suas cartas eu vi que ele tinha um par de rainhas e um ás, nada mau para um começo num joguinho entre amigos. Mas ele disse: “Passo.”

Os outros passaram também. A bolada aumentou com outros dez centavos de cada jogador, Ramponi dando as cartas. Mais uma vez olhei para a mão de Zarlingo. Desta vez ele tinha um par de reis e um ás.

— Passo — falou.

Todos eles passaram e mais quatro moedas de dez centavos foram acrescidas ao bolo. Era aquele tipo de jogo, de cu apertado, pôquer de degola, aumentando as apostas, à espera da grande chance. Felizmente para meu velho, as apostas eram baixas e limitadas. Ele era volátil demais para o pôquer, impaciente demais, um perdedor nato metido no jogo errado. Gostava de investir com audácia. A paciência de seus oponentes, seu estoicismo, o impelia a decisões precipitadas. Uma mão ruim e ele mergulhava no desespero. Três ases e ele sorria de orelha a orelha. Encurralado e batido, era orgulhoso demais para deixar a mesa e tentava blefar. E então eles o depenavam. Eu testemunhara aquilo tantas vezes que me surpreendia que pudessem levar o seu dinheiro.

Esta noite não parecia aquele tipo de jogo, nem demoraria muito. Ele, Zarlingo e Cavallaro estavam caindo de exaustão, seus corpos amarrotados de dissipação. Tinham bebido vinho na noite anterior e a maior parte do dia e agora se encharcavam de novo com as uvas de Angelo.

A sra. Ramponi voltou e entregou-me a chave da cabana 7.

— Espero que fique confortável — disse ela, de pé ali por um momento, fingindo que acompanhava o jogo. Ramponi fez cara feia para ela.

— Comida — falou.

Em seguida, a sra. Ramponi surgiu com um pão e um pote de maionese. Aquele Ramponi! Tinha olhos na nuca, pois ela estava atrás dele quando começou a passar maionese nos sanduíches.

— Manteiga — disse ele.

Ela trouxe a manteiga. Devolvi a Zarlingo as chaves do seu carro e recuei até a porta. A mão de pôquer era um embate entre meu pai e Ramponi. Meu pai espalhou reis e rainhas, dois pares. Ramponi espalhou três duques e recolheu a bolada.

Eu dei boa noite a todo mundo, mas os jogadores me ignoraram quando caminhei para a porta. Sem entusiasmo, sem sinceridade, Ramponi gritou:

— Ei, Tony. Tem certeza de que não quer jogar uma mãozinha ou duas?

— Deixa o garoto ir pra cama — disse meu pai. — Ele vai ter um dia cheio amanhã.

# 17

Era uma noite fria e nebulosa. De meia dúzia de cabanas vinha a voz de Archie Bunker insultando sua mulher e o público ia ao delírio. Não havia dúvida, o lugar de Archie era naquela partida de pôquer, aquele era seu tipo de gente.

Carreguei a bagagem e uma bolsa de ferramentas da caminhonete à cabana 7. As acomodações apresentavam a decoração habitual de motéis: uma cozinha com bar, um divã, um tapete, um par de cadeiras, uma TV e uma cama.

Da cama não gostei. Era uma cama de casal e aquilo significava que teria de dormir com o velho. Aflito, sentei-me e refleti sobre o dilema. Nunca dormira com meu pai. Em toda minha vida, raramente o tocara, exceto por um ou outro aperto de mão ao longo dos anos, e agora não tinha vontade alguma de dormir com ele. Pensei em seus ossos velhos, em sua pele velha, em sua velhice solitária e geniosa, a velhice dele, dos amigos bêbados e pecadores regada a vinho, no filho da puta que ele fora: o carcamano teimoso, tirânico, grosseiro e libertino que me chantageou e botou naquele safári maluco pelas montanhas, longe de mulher, casa e trabalho, tudo por causa de sua obstinada vaidade, para provar a si mesmo que ainda era um pedreiro dos bons.

Então tudo me veio outra vez. Me vi aos dez anos, num baile de rua em San Elmo na noite do Quatro de Julho. Estava num beco atrás do local do baile, vasculhando as latas de lixo. Em meio à escuridão, vi um homem e uma mulher fazendo amor encostados num poste. A mulher erguia a barra do vestido, enquanto o homem investia seu corpo contra o dela. Sabia o que estavam fazendo, mas fiquei assustado e me acocorei atrás de uma pilha de caixotes. De mãos dadas, homem e mulher caminharam na minha direção. O homem era meu pai. A mulher era Della Lorenzo, que vivia a duas casas da nossa com o marido e dois filhos, meus colegas de escola. Depois daquilo, nunca mais brinquei com os meninos da família Lorenzo. Tinha vergonha de olhar nos olhos deles. Passei a detestar meu pai. Detestava a sra. Lorenzo; era tão vulgar, deselegante e sem graça. Detestava a casa dos Lorenzo e seu jardim. Dei um chute no vira-lata deles. Estrangulei uma das galinhas. Quando a sra. Lorenzo morreu de câncer de mama no ano seguinte, fiquei indiferente. Fez por merecer aquilo. Sem dúvida estava no inferno, guardando lugar para meu pai.

Domingo de Páscoa. Eu tinha doze anos. Estávamos na fazenda dos Santucci, a família inteira. Hordas de italianos vindos de todos os cantos do país, longas mesas abarrotadas de vinho, massa, saladas e cabrito assado. Meu velho tinha uma cabeça de cabra em seu prato e comia o cérebro e os olhos, gargalhando e exibindo-se para as mulheres, que gritavam, horrorizadas. Depois, uma partida de softbol. Alguém rebateu a bola para fora do campo. Saltei a cerca na tentativa de recuperá-la e aterrissei sobre meu pai, escondido entre a grama alta, com seu traseiro branco nu como a lua para o alto enquanto bombeava a sra. Santucci, tida como a melhor amiga da minha mãe. Atordoado, corri na direção do pomar, atravessando o riacho e passando pelas pereiras. Meu pai saiu correndo atrás de mim. Eu tinha a velocidade de um cervo. Sabia que nunca me alcançaria, mas conseguiu. Me sacudiu. Estava com tanta raiva que chegava a cuspir.

— Uma só palavra para sua mãe e juro por Deus que mato você!

Passei o resto daquela longa tarde ao lado de minha mãe, que fofocava no gramado com outras senhoras. Não sairia do lado dela. Sentei na grama e segurei a barra de seu vestido. Aquilo a incomodou.

— Vá brincar com as outras crianças — disse ela. — Está me aborrecendo.

Não. Não me deitaria em meio à escuridão das montanhas ao lado daquele velho abominável, recompensando-o com afeto e cumplicidade após uma vida de escapadas sexuais impenitentes à custa de sua mulher e da família. Não é de espantar que minha mãe tenha pensado em pedir o divórcio, que Virgil sentisse vergonha dele, Mario tivesse fugido e Stella o reprovasse.

Encontrei um cobertor extra no armário, tirei os sapatos e me enrosquei no divã. Horas depois, acordei ao som de vozes que vinham lá de fora, de gargalhadas ébrias e da porta de um carro sendo batida. Fui à janela e vi Zarlingo e Cavallaro partirem no Datsun. O automóvel rastejava, mal se movendo em meio à grossa neblina, enquanto meu pai corria ao seu lado, balançando os braços e gritando:

— Acendam os faróis!

Os faróis perfuraram a névoa e o carro foi se distanciando. As luzes traseiras que desapareciam na estrada em meio à floresta eram promessa de um fim certo. Estava seguro de que os velhotes não conseguiriam retornar a San Elmo, acabando por sair da estrada e despencar em algum desfiladeiro. Mas eu estava errado. Chegaram em casa depois de quatro dias, percorrendo 150 quilômetros pouco a pouco, parando em cada bar que encontravam ao longo do perigoso trajeto.

Já passava de uma da manhã quando meu pai cambaleou para dentro da cabana. Acendeu a luz desagradável do lustre em forma de globo, deixou a porta aberta e marchou direto para a cama, onde desabou. Depois de trinta segundos, dormia profundamente, com a respiração pesada e a boca aberta. Tranquei a porta, tirei suas roupas e o cobri. Quando apaguei a luz e me deitei no divã, ele começou a gemer: "*Mama mia, mama mia*".

Depois, começou a soluçar. Aquilo era jeito de um homem adormecer, chamando a mãe? Parecia que não ia parar nunca. Fiquei em frangalhos. Eu nada sabia sobre a mãe dele. Ela morrera há sessenta anos, na Itália, depois que ele partiu para a América, mas o visitava ainda hoje em seu sono de velho. Era como se a sentisse por perto em seus sonhos, perdido e vagando, chorando por ela.

Continuei ali deitado, arrancando os cabelos e pensando. Pare com isso, pai, você está bêbado e cheio de autocomiseração, precisa parar agora, não tem o direito de chorar, você é meu pai e o direito de chorar pertence à minha mulher e aos meus filhos, à minha mãe. Vê-lo chorar é obsceno e me deixa humilhado, vou morrer diante da sua tristeza, não consigo suportar seu sofrimento, deveria ser poupado dele, pois eu mesmo já tenho o bastante. Talvez terei ainda mais, mas não devo nunca chorar diante de outros, devo ser forte e encarar meus últimos dias sem derramar lágrimas, meu velho. Preciso de sua vida, não de sua morte; de sua alegria; não de seu desalento.

E então eu também estava chorando, de pé, caminhando na direção dele. Segurei sua cabeça desfalecida em meus braços (como vira minha mãe fazer), enxuguei suas lágrimas com a ponta do lençol, embalei-o como uma criança e logo ele parou de chorar. Coloquei-o com delicadeza sobre o travesseiro e ele dormiu calmamente.

# 18

Ele estava melancólico e infeliz pela manhã, os olhos ainda ardiam lentamente sob as cinzas da noite anterior. Perigoso é o que ele era, exalando sofrimento, hostil diante das perspectivas lúgubres de um novo dia cinzento. Começou com o ritual habitual do vinho, removendo um dos galões da caixa de papelão e o apoiando no cotovelo, sorvendo com a avidez de uma criança. Virou-se e rosnou para mim enquanto colocava a rolha no gargalo.

— Levanta. Hora de trabalhar.

Sentei-me e tateei à procura da minha calça jeans. Ele caminhou até a janela e fitou um mundo deserto e nebuloso.

— Não gosto deste lugar — reclamou. — Devia estar doido quando aceitei este trabalho.

— Vamos deixar para lá então. Vamos cair fora.

— A única coisa a fazer é terminar o mais rápido que pudermos. Quatro ou cinco dias.

— Pensei que tivesse dito dez.

— Tome o café da manhã. Temos trabalho a fazer.

Quando saiu, havia movimentação no estacionamento. Motores que engasgavam e chiavam em meio à atmosfera gélida enquanto os hóspedes do motel começavam a partir. Quando coloquei o pé para fora, senti que a neve estava para cair. As nuvens inchadas pairavam baixas naquele canto remoto e funesto da terra. A esta hora, no sul, eu ainda estaria na cama, a luz do sol atravessando a janela com vista para o mar. Eu colocaria o roupão e tomaria a primeira de dez xícaras de café, contemplando uma caminhada pela praia deserta, ou talvez um banho de sol. Um dia etéreo de descanso e indolência calculada, adiando uma ou duas horas de trabalho até o final da tarde, quando não pudessem mais ser evitadas.

Embora não houvesse um restaurante no motel, nosso acordo com Ramponi incluía casa e comida. Atravessei o escritório até chegar à cozinha, onde a sra. Ramponi preparava meu café da manhã, depois de ser avisada por meu pai que eu estava a caminho. Dissemos bom dia e me sentei à mesa, perguntando se o café de meu pai fora substancial.

— Café e brandy. Foi tudo o que quis.

Sua aparência era melhor que no dia anterior, com a cútis limpa de uma sueca ou alemã, olhos pálidos e sobrancelhas brancas. Quando Ramponi não estava por perto para massacrá-la, era vivaz, agradável e até que não estava mal para uma mulher de sua idade. Usava um lenço azul sobre os cabelos sedosos e seu corpo era coberto por um avental do tipo usado por porteiros de hotéis, comprido e com inúmeros bolsos. Um lugar na mesa foi designado e ela então me serviu um bife com dois ovos, torrada e café.

A sra. Ramponi era loquaz, sempre disposta a conversar, uma verdadeira máquina que adorava tagarelar sobre suas obrigações, pois fazia tudo ali: registrava os hóspedes, carregava suas bagagens, arrumava os quartos, lavava as roupas, cuidava do balanço, administrava todo o negócio. Disse que Sam nunca levantava nem um dedo sequer para ajudá-la

— Por que não?

— Ele trabalha em Reno.

— Reno?

— Cuida da mesa de *blackjack* no Blue Nugget.

Saboreei o delicioso bife e recordei da partida de pôquer da noite anterior naquela mesma mesa — Sam Ramponi, um crupiê profissional determinado, medindo suas habilidades contra três velhos amigos bêbados como gambás. Sam deve ter limpado o que quer que houvesse em suas carteiras, o que não era muito.

A sra. Ramponi me viu dar cabo do último pedaço de carne.

— Tem mais — insinuou, levantando uma fatia que chiava na grelha e a colocando em meu prato.

— É uma cozinheira de mão cheia, sra. Ramponi.

Balançou a cabeça graciosa.

— Faço bem tudo que decido fazer — gargalhou. — Você pode achar que sou apenas uma criada por aqui, a velha esposa de Sam Ramponi, mas acredite, não sou!

Seus olhos me examinaram com insistência e senti a manifestação sutil da minha libido. Aquilo me surpreendeu. Estaria aquela meiga senhora de olhos azuis dando em cima de mim? Impossível. As mulheres não davam mais em cima de mim, nem mesmo a minha. Ultimamente, o único tipo de ação a cruzar meu caminho vinha na forma de alguns devaneios no papel, que saíam quentes da minha máquina de escrever.

Evitei seu olhar e continuei cortando meu bife.

— Diga-me, sra. Ramponi, para quê o defumador de pedra?

— Ora essa, para defumar carne, é óbvio. Carne de veado.

— Sam caça cervos?

— Sou eu quem caça nesta família — disse, orgulhosa.

Era tão pequena, tão cerimoniosa e educada, que achei difícil acreditar no que dizia.

— Não me parece do tipo.

— Que tipo?

— Do tipo que sai à caça de cervos.

— Não vou atrás deles. Atiro da varanda dos fundos. Basta espalhar um pouco de cereais sobre a neve e eles vêm até a porta. É aí que se ferram. — Deu um solavanco com o cotovelo, como se disparasse um rifle.

— Isso é uma armadilha. É contra a lei.

— Não se estiverem pisoteando em sua colheita.

Tive de rir.

— Que colheita, sra. Ramponi?

— Planto um monte de coisas por aqui. Além disso, não o ouvi reclamar dos bifes que devorou. Também vieram de uma armadilha. Acertei-o a três metros. Bem no meio dos olhos.

Controlei-me. Não podia dizer coisa alguma. Meu prato estava vazio. A carne estava dentro de mim. De onde aquela senhora de ares angelicais tinha herdado seu instinto assassino? Talvez estivesse matando Sam Ramponi indiretamente.

— Não acredito — disse, me levantando. — A senhora não é do tipo que atiraria num cervo faminto. Não faz parte da sua natureza. *Sei* disso! É um ser humano muito bom para tal.

Franziu as sobrancelhas, refletindo sobre aquilo enquanto me virei e saí. Correu atrás de mim.

— Ande logo com este defumador! — exigiu. — Vou precisar dele assim que começar a nevar.

Encontrei o velho Nick sentado sobre uma rocha, afiando estacas de madeira com uma machadinha.

— Hei — disse eu. — Como se saiu naquela partida de pôquer?

— Quem quer saber?

— Tenho um motivo particular para querer saber.

— Algumas você ganha, outras você perde. — Acenou com a cabeça para um monte de areia. — Vá peneirar.

— Sabia que Sam Ramponi é profissional e dá as cartas num jogo em Reno?

— E qual é a novidade nisso?

— Ele pegou vocês, não foi?

— Levou oito dólares meus.

— E quanto a Lou e Zarlingo?

Apontou.

— Está vendo aquela pá? Use-a.

O sol saltou de trás da névoa; as nuvens se dispersaram, desapareceram e o calor veio forte. Estávamos num ponto fascinante, uma ilha em meio à floresta, onde a terra fazia limite com árvores gigantes. Não é de se admirar que houvesse cervos. Um pequeno córrego dividia a propriedade, rumorejando por entre os seixos. A cabana dos Ramponi ficava a apenas cinquenta metros, onde a janela da cozinha dava para a clareira. E ali estava eu, peneirando areia para preparar a argamassa que fixaria as pedras das paredes do matadouro onde seriam defumados os cervos que a sra. Ramponi matava ao atraí-los até sua janela. Peneirava a areia e pensava, oh, que merda, o que estou fazendo aqui?

O velho começou a se movimentar, indo de um canto ao outro da laje, cravando estacas e verificando-as com o fio de prumo. Era uma operação simples, mas aquilo o deixou sem ar e então ele voltou até a rocha e se sentou. Tirou o velho chapéu marrom e o suor escorria de seus cabelos.

— Vá pegar a botija — disse ele.

Olhei para a palma da minha mão esquerda e vi meu primeiro calo.

— Ainda é muito cedo — respondi.

Aquilo o irritou e ele colocou o polegar na boca e o estalou em minha direção, um gesto italiano cujo significado nunca descobri, embora ele o fizesse umas três ou quatro vezes por dia por toda sua vida. Meu palpite é que queria dizer: vai tomar no cu. Depois caminhou com dificuldade, taciturno, até as cabanas.

Fiquei ali chupando meu calo e examinando o monte de rochas. Eram pedregulhos de granito tosco, cinzentos e disformes. Curvei-me para avaliar o peso de uma das menores pedras. Não era apenas pesada — era absurda, ridiculamente pesada, no mínimo uns cinquenta quilos, sem nem mesmo ultrapassar as dimensões de uma bola de basquete. As outras eram similares ou ainda mais pesadas. Poderia ajudá-lo a erguer as pedras menores para formar a parede, mas aquilo seria um esforço brutal para um homem de 76 anos, com mãos e músculos flácidos, que não fizera qualquer trabalho físico nos últimos cinco anos. Aquilo poderia distorcer sua coluna, criando uma hérnia ou estourando um vaso sanguíneo. Eu observara as veias incandescentes em seus olhos. O vinho fizera o trabalho completo e provocara o seu dano. Era loucura desafiar o perigo, mas meu velho era louco, o fardo de sua inutilidade era enlouquecedor e a ideia de que sua vida pudesse chegar ao fim numa batalha contra pedregulhos era a parte mais louca de tudo aquilo.

Por que aceitara aquele trabalho? Um defumador para carne de cervos! Era provável que vinte anos antes tivesse recusado o serviço por ser muito longe de casa e insignificante demais diante do seu orgulho.

Poderia, claro, ter escolhido outro caminho em seus últimos dias, enchendo a cara todos os dias no Café Roma. Ou ficar largado na sala vendo televisão, suportando os cacarejos de sua mulher enquanto ela o entupia de massa e especulava sobre os prazeres e os infortúnios da viuvez. Ou então poderia se sentar na varanda da frente que dava para Pleasant Street e assistir ao empolgante espetáculo que era ver um cachorro ou ser humano passar por ali. Ou cultivar tomates e pimentões verdes no quintal. Mas não Nick Molise. Queria uma parede para construir — ponto final. Não importava qual fosse a parede, contanto que lhe trouxesse o respeito dos amigos e que estes soubessem que ele estava ali, pelo mundo, um trabalhador, um construtor.

Voltou da cabana balançando a botija e com uma aparência melhor, de satisfação. Ofereceu-me a bebida e tomei um gole.

— Deixe-a para gelar no riacho — disse ele, e coloquei a jarra na água fria até alcançar o fundo.

Misturamos a argamassa e carreguei um balde cheio até a desempenadeira que estava no canto da laje. Ele a remexeu com a colher de pedreiro, agitando até chegar à consistência certa. Então apontou para uma das pedras menores.

— Aquela ali.

Carreguei-a até a laje. Espalhou uma camada de argamassa e tirou a pedra de minha posse, suas mãos a agarrá-la. Aquele era o momento da verdade. Seu rosto ficou roxo e os olhos pareciam saltar ao largar o pedregulho diante dos pés. Tentou outra vez. Desta vez conseguiu colocar a pedra sobre a argamassa, embora praguejasse em italiano, xingando a pedra, o mundo e a si próprio. Observei e ele não gostou, então passou a me xingar também.

Tentando amansá-lo, disse:

— Não se preocupe, só está um pouco fora de forma. Nada mais.

— Cala a boca. — Apontou com a colher de pedreiro. — Aquela lá.

Era uma de 45 quilos. Levantei-a.

— Vamos fazer assim, Papa. Você espalha a argamassa e eu coloco as pedras.

— Cala a boca.

Passou mais argamassa e tirou a pedra dos meus braços, numa contenda amarga, quase sendo esmagado, embora no fim tenha conseguido assentá-la corretamente.

Passadas duas horas, tínhamos usado as pedras menores e ele tentava permanecer ereto, mas sua região lombar estava trincada e não tinha como prosseguir. Curvado como um primata, arrastou-se até o riacho e ergueu a jarra. Agachou-se no terreno e bebeu o vinho frio. Seu rosto foi tomado de tristeza, os olhos se encheram de decepção. A floresta o observava e compreendia sua dor. As árvores suspiraram. Pássaros tagarelavam, alarmados. O céu o fitava num azul compassivo. Meu pai, meu pobre velho pai! Fora derrotado e sabia disso, embora não admitisse. Construíra sua parcela de edificações em pedra, igrejas, escolas e pelo menos uma biblioteca, mas agora encontrava uma dificuldade dos diabos para erguer um defumador de três metros de altura, sem janelas e com apenas uma porta.

Deixemos o fracasso assentar, pensei, deixemos que reconheça o fato de que o serviço está além de suas forças e de sua idade, deixemos que jogue fora a desempenadeira para dar o fora dessa montanha e ir para casa. Que Deus abençoe os cervos!

Jogando-me ao seu lado, peguei a jarra. Aquele vinho! Refrescava minha boca, minha carne, minha pele, meu coração e minha alma, então agradeci a Deus pelas colinas de Angelo Musso. Ficamos ali esparramados em silêncio, ouvindo os pássaros e compartilhando a botija.

Perguntei o que pretendia fazer.

— Teremos de quebrar as pedras, fazer das grandes peças menores.

A sra. Ramponi apareceu, trazendo sanduíches e uma tigela de morangos frescos numa bandeja.

— Hora do almoço — disse ela.

Meu pai deu uma mordida em seu sanduíche sem sequer o olhar antes.

— Bom — disse, colocando-o de lado e partindo mais uma vez para a botija.

Abri meu sanduíche, desconfiado. Havia presunto e maionese. A sra. Ramponi observou, irritada.

— O que pensou que fosse? Carne de cervo?

Não consegui comer, não importava o que fosse.

Ela se virou para meu pai.

— Nick, parece cansado. Por que não vai à cabana e dorme um pouco? Não tem sentido se matar assim no primeiro dia.

— Certo — disse ele.

Ela deu as costas e voltou para o motel. Tirei os sapatos e coloquei os pés no riacho. Havia só um modo de sabotar o defumador dos Ramponi, era não construí-lo. Olhei para meu pai. Dormia, com o sanduíche caindo de seus dedos. Dei-lhe uma sacudidela.

— Vá tirar uma soneca.

Levantou-se com dificuldade e caminhou sobre suas pernas bambas na direção do motel. Continuei sentado com os pés na água, comendo morangos. Então adormeci e, quando acordei, o velho ainda não havia retornado. Vesti as meias, calcei os sapatos e parti rumo à cabana. Não estava lá. Mas o detectei pela janela da cozinha. Saía sorrateiramente pela porta dos fundos da cabana 6. A sra. Ramponi saiu em seguida. Ele caminhou na direção do defumador e ela foi na direção do escritório. Aguardei até que o velho saísse de vista entre as árvores e então corri até o escritório. Não sabia o que ocorrera entre eles na cabana 6, é bem provável que coisa alguma, mas ela não era boa o bastante para meu pai e eu a detestava. Apertei a campainha e ela surgiu na cozinha.

— Deixe meu pai em paz — disse eu.

— De que diabos está falando?

Estava sendo irracional, mas não me importava.

— Apenas fique longe de meu pai.

Sua boca se curvou em desprezo.

— Se fosse metade do homem que seu pai é, não ousaria falar comigo desse jeito. Cai fora, seu verme.

Dei as costas, envergonhado, desgostoso comigo mesmo, tentando descobrir qual era a merda do meu problema. Culpei a altitude, todos seus dois mil metros. Criaturas bizarras podiam ser vistas naquelas florestas misteriosas, gnomos, fantasmas de velhos garimpeiros, sobreviventes perdidos da expedição Donner, até mesmo as pegadas do Pé Grande. Aquilo estava mexendo comigo.

De volta ao defumador, meu pai parecia revigorado e a dor nas costas desaparecera, como demonstrava sua escolha por uma marreta de cabo longo ao se posicionar diante de um pedaço enorme de granito de mais de um metro cúbico. Estava pronto para fazer das pedras grandes pedaços menores. Fiquei a certa distância observando enquanto ele marretava com vigor, meia dúzia de golpes até que o pedregulho começasse a rachar, não em blocos retilíneos, mas sim em nacos e lascas retorcidos e denteados.

— Ótimo — disse, ofegante. — Excelente. Leve-os até a parede.

Eu os arrastava e ele os assentava, pedaços grandes e pequenos, nacos e lascas. Enquanto eu triturava as pedras, ele erguia a parede. Fomos bem. Quando ficava cansado, recorria ao vinho. Não conseguia ficar ereto, então se curvava como um primata ao beber. Quando começou a suar, as manchas em suas costas e debaixo do braço assumiram coloração rósea. Pensei, mas que diabos, é nutritivo, uva com açúcar, é energia, e bebi com ele todas as vezes. Estávamos indo bem, bem. Estávamos cansados e atordoados e pensei ter visto um gnomo de chapéu vermelho passando pela floresta enquanto o sol desaparecia atrás das árvores e a parede do defumador brotava na direção do céu.

Paramos de trabalhar quando caiu a escuridão. Poderíamos ter continuado sob a luz do luar, mas aquilo seria o limite da loucura. Sam Ramponi poderia chegar de Reno e acharia graça de nós. Os hóspedes do motel se perguntariam o que estava acontecendo. Encerramos as atividades. Tínhamos bebido dois galões. Mijamos três ou quatro. Estávamos girando. Estávamos espantados. O velho Nick riu consigo mesmo. Caiu de cara no chão ao subirmos para jantar. Sorri e o coloquei de pé. Ramponi não estava em casa. A sra. Ramponi encheu nossos pratos. Talvez fosse carne de cervo. Que me importava?

Meu pai adormeceu à mesa. Arrastei-o até a cabana e o joguei na cama. Adormeci. De repente, já era manhã. Não havia necessidade de me vestir; dormira sem trocar de roupa. Minha boca estava com gosto de tênis velho e pelos de cachorro da sra. Ramponi. Lavei-a com um gargarejo de vinho e voltei ao trabalho.

Estávamos com pressa agora. Tínhamos que dar o fora dali. Eu arrebentava os pedregulhos e o velho os colocava na parede. Estávamos no mar, numa jangada, nos apressando, estabelecendo um recorde. Beba um pouco, filho. Era uma corrida. Beba um pouco, Papa. Nenhuma linha de partida ou de chegada. Mas velozes. Deixou de lado o fio de prumo. Deixou de utilizar seus conhecimentos de pedreiro. Trabalhava por instinto. Às vezes, abaixava a cabeça até o horizonte da parede e examinava, compenetrado, mantendo-a na perpendicular. A parede subia e o vinho descia. Certa vez olhei para o céu e perguntei as horas. Ele respondeu:

— Não existem horas — e eu sorri.

Por Deus, como era profundo. Quando o vinho acabou, Ramponi trouxe mais de Reno. Na hora certa. No último instante da última gota da última jarra. Bom vinho, de Angelo Musso.

# 19

Então algo peculiar aconteceu. Meu pai morreu. Trabalhávamos, chafurdando em argamassa e pedras, e de repente senti que ele deixara o planeta. Procurei seu rosto e estava escrito ali. Seus olhos estavam abertos, suas mãos se moviam, ele espalhava a argamassa, mas havia morrido e em sua morte nada tinha a dizer. Às vezes vagava como um espectro por entre as árvores para dar uma mijada. Como poderia estar morto, questionei, se ainda conseguia escapulir para mijar? Um fantasma é o que era, um caso perdido, um cadáver. Queria perguntar-lhe como se sentia, se por acaso ainda vivia, mas eu mesmo estava muito cansado e muito ocupado morrendo, e exausto demais para falar. Podia ver a frase no papel, batida à máquina, entre aspas, mas era pesada demais para ser verbalizada. Além disso, que diferença faria? Todos morreríamos um dia.

No quarto dia, entre goles generosos de Angelo Musso, construímos o andaime e tínhamos meio metro pela frente. Nick, que estava morto, não sentia dor ao içar a pedra. Não era mais o pedreiro esmerado, inquieto e exigente de outrora, a parede estava manchada e a argamassa escorria, formando bolos no chão. Lá embaixo, ainda vivo, eu quebrava lajes, as apoiava no ombro e as erguia até o andaime, até que um dia, não sei dizer qual, também morri.

Devo ter morrido de maneira corajosa e discreta, pois não recordo de lamentações ou lágrimas. Primeiro foi a dor lancinante na região lombar de tanto balançar a marreta, que depois desapareceu, parecia ter ido vagar pela floresta, como ocorreu com outras dores — meus pés cansados, as palmas das mãos calejadas, a palpitação nos rins —, uma a uma, todas desapareceram, e senti a interrupção do funcionamento do sistema nervoso. Quando morrer de novo, pensei, e sem dúvida pela última vez, devo lembrar de encarar o momento como o fiz naquele dia nas montanhas, sucumbindo à morte como se fosse minha amante, sorrindo ao tomá-la em meus braços.

O outro falecido, meu amigo, meu velho, acenou para mim do limite da vida, com olhos vazios como uma vidraça, enquanto eu içava uma enorme pedra, com a qual ele se digladiaria para acomodá-la sobre o ninho de argamassa.

E então algo irônico aconteceu. Dando as costas para o andaime, pisei sobre a ponta afiada de uma enxada, que me acertou com seu cabo, uma pancada brutal entre os olhos. Não senti qualquer tipo de dor. O golpe me nocauteou, mas eu estava alheio à dor.

Não víamos muito Sam Ramponi, exceto pela manhã, quando pegava o carro rumo a Reno. Às vezes acenava, outras não. No entardecer do quinto dia ele apareceu sem fazer barulho e permaneceu próximo à construção, de braços cruzados, olhando para meu pai sobre o andaime. Nenhuma saudação ou sinal de reconhecimento de qualquer das partes. Meu pai rebateu à testa franzida e preocupada de Ramponi com um olhar lúgubre, porém desafiador. Ramponi não poderia estar a par de nosso falecimento, mas percebera uma mudança em nós, uma imaterialidade, espectral e desencarnada. Lançou-me um olhar intranquilo e se apressou na direção do motel, virando-se uma vez para nos olhar, como alguém rechaçado.

A sra. Ramponi também estava intrigada e perturbada. De início levava o almoço até nós, mas agora colocava a bandeja sobre um toco de árvore a uns quinze metros de onde trabalhávamos e em seguida corria de volta para o motel. No café da manhã hesitava em nos servir, demonstrando um respeito temeroso. Em geral saíamos pela porta da cozinha, na qual ela sem hesitar passava o ferrolho assim que partíamos.

Na tarde de domingo, seis dias depois de iniciarmos, meu pai assentou a última pedra e o defumador ficou pronto. Estávamos barbados e pálidos, bêbados e fedidos, tendo dormido e trabalhado sempre nas mesmas roupas.

Ajoelhando ao lado do riacho, sacamos a botija e vislumbramos com os olhos fundos o que erguêramos — uma estruturazinha parruda que se assemelhava a um *bunker* árabe no Sinai. Era tosca e torta. As pedras pareciam ter sido arremessadas, em vez de assentadas. As paredes ondulavam loucamente, côncavas e convexas, com barrigas para fora e para dentro, grosseiras, muito mais do que Papa tinha tencionado. A argamassa escorria das juntas, sujando as paredes. Quaisquer que fossem suas falhas estéticas, a construção parecia indestrutível. Tudo o que faltava para ficar completa eram o telhado e a colocação da única porta, tarefas para um carpinteiro. Molise e filho haviam terminado.

O canteiro de obras estava em ruínas, como um campo de batalha abandonado. Necessitava desesperadamente que alguém o limpasse, nem que fosse apenas para dar um pouco de dignidade ao excêntrico defumador. Havia tábuas espalhadas por toda parte, pedaços de madeira serrada e de rochedos, ferramentas, garrafas de vinho vazias, sacos de cimento, pratos de papel e guardanapos, sanduíches pela metade, roupas. Quanto mais meus olhos permaneciam voltados para o defumador, mais insano ele parecia.

Não se assemelhava de maneira alguma a uma construção, era mais como um monte de pedras despejado ali com cuidado. Cansado, bêbado e tendo alucinações, comecei a vê-lo como um antigo monte mortuário indiano. Depois, como um iceberg. Pisquei e olhei outra vez. Era um urso-polar. Agora era o Monte Whitney, depois uma formação rochosa na lua. Uma neblina pairava sobre a clareira enquanto eu enrolava as mangueiras e recolhia as ferramentas. Quando olhei de novo para a coisa, tinha se transformado num navio que cruzava lentamente um mar nebuloso. Alarmes inquietantes e vagos fizeram com que me apressasse na direção das cabanas.

Atravessando a névoa, o Cadillac de Sam Ramponi passou pela entrada do motel. Parou a meu lado. Estava em suas roupas de trabalho, terno de seda negro, camisa branca, gravata-borboleta preta.

— Como vai? — perguntou.

— Tudo acabado.

Deu um suspiro.

— Que bom. Como ficou?

— É um defumador, Sam. Isso não se pode negar.

— Com certeza não é o Taj Mahal.

— Não deu para evitar — disse eu, com ares de profissional, ecoando meu pai. — Você encomendou as rochas erradas. Alabastro-quartzo é para lápides. Não é adequado para paredes. Muito pesado, difícil de manusear. Levando tudo em consideração, fizemos um belo trabalho.

Seus olhos gordos recaíram sobre mim.

— Dito e feito.

— O defumador vai durar mais do que estas montanhas. Se tivesse pedido uma acrópole, meu velho a teria construído. Você queria um defumador e é exatamente o que tem.

Grande como uma morsa era ele, dando de ombros sob seu terno de seda, sem querer iniciar uma discussão. Então disse de repente:

— Parece um cagador para mim.

Sacou uma carteira do bolso do paletó, retirou um cheque e o estendeu em minha direção.

— Dê isso a Nick. Pagamento completo.

O cheque me deixou confuso. Tudo nele parecia errado. A quantia listada era de 1.500 dólares, mas não endereçada a meu pai. Pelo contrário, meu pai preenchera o cheque a ser descontado por Sam Ramponi no Reno Bank and Trust Company. Cocei a cabeça tentando enxergar algum sentido naquela transação.

— Que diabo é isso?

— É o vale que seu pai assinou pela partida de pôquer.

Gargalhei.

— Isso é um absurdo. Meu pai não tem 1.500. Não tem nem mesmo 15 centavos. Há anos que não tem uma conta bancária e *nunca* abriu uma em qualquer banco em Reno.

Sam tocou o cheque com seu dedo grosso.

— Esta não é a assinatura de seu pai?

— Sim, a que ele usa quando está bêbado.

— Bêbado ou sóbrio, trata-se de um documento legal.

— Não é legal e nem mesmo um documento. Apenas um cheque sem fundos.

Virou as palmas, dando de ombros.

— Ah, então ele preencheu um cheque sem fundos. Isso é contra a lei. Não quero causar problemas, Tony. Eu e seu pai temos uma longa história juntos. Ele me deve 1.500 pela partida de pôquer e eu lhe devo pelo serviço que fez aqui. Então — sorriu com um olhar inocente — estamos quites.

Ele nos pegou, tanto a meu pai quanto a mim. Trapaceados. Era um baque. Deus, por quanto tempo fiquei envolvido naquele pesadelo? Afastado da paz e da tranquilidade de minha casa junto ao mar, coagido a me tornar ajudante de pedreiro, arrastado até as montanhas ao lado de três bêbados para passar seis dias miseráveis construindo uma monstruosidade corcunda?

Ah, e o sofrimento! Os calos! A terrível dor nas costas, os pés torturados, o peso terrível daqueles pedregulhos, o delírio causado pela exaustão, nossas mortes espectrais! Por quanto tempo, ó Senhor, por quanto tempo? Por que estava sendo castigado de tal maneira? Vasculhei o passado. Seria por causa da garçonete em Paris? Das três prostitutas em Nápoles? Paguei minha dívida, ó Senhor, paguei e paguei, como um cartão de crédito que cobra e cobra sem parar. Feche a conta, ó Senhor. Dê-me um tempo. Dê-me paz. Estou mais sábio, aprendi a lição. Não hei de cometer novas transgressões. Hei de voltar à Igreja, agora que estou velho, velho pra caralho.

Ramponi, meu algoz, trapaceiro, pilantra. Raiva. Investi contra ele através da janela do carro, meus dedos em torno de seu pescoço grosso, minha cabeça procurando palavrões cruéis e indecentes — algo melhor que filho da puta. Mas o gorducho, como a maioria dos gordos, era mais rápido que um pássaro e conseguiu se livrar de mim. O melhor com que consegui me sair foi:

— Tudo bem, Sam Ramponi. Vai se arrepender!

Ele pisou no acelerador e o carro andou quinze metros até o escritório do motel, onde parou. Mas eu ainda não havia terminado. Enquanto saía do Cadillac, fui atrás dele, caminhando ameaçadoramente, pronto para o ataque, aguardando, com os punhos erguidos, grandes como leões-marinhos, preparado para a luta.

Talvez ele me derrotasse, talvez não. Era pesado como um hipopótamo, gordo, um homem que amava massas. Já eu era baixo, atarracado, forte como um boi. Vinha me preparando para aquilo sem nem mesmo saber. Seis dias levantando pedras. Era como se fosse de aço. Ele era mais velho, já ultrapassara os setenta anos. Eu era um jovem de cinquenta. Ele não tinha a menor chance. A rapidez estava do meu lado. Uma geração nos separava.

Assumi minha posição, com os punhos levantados. Disse:

— Você enganou meu pai, Ramponi. Agora terá de lidar com seu filho.

Ele ergueu os punhos.

— Não trapaceei. Quando se joga cartas com seu pai não é preciso trapacear. Não há como perder.

— Tira 1.500 dólares dele e não chama isso de trapaça?

— Eram três mil, Tony. Me contentei com a metade.

— Quem mudou a aposta? Quando saí vocês jogavam por centavos.

— Seu pai aumentou a aposta. Ele queria ação. Disse que sairia da mesa se não passássemos a jogar sem limites.

— Seu canalha! O sujeito estava bêbado.

— Não mais do que eu. Estávamos todos bêbados.

Silêncio. Éramos como estátuas frias, fitando um ao outro, gregos feitos de pedra. Apenas encarando, temendo qualquer movimento. Quem atacaria primeiro — o golpe crucial, o primeiro? Começamos a andar em círculos, lentamente. Aquilo foi ficando tedioso. Depois tudo ficou claro. Não queríamos lutar. Tínhamos algo em comum: a covardia.

Mas Sam foi o primeiro a se afastar. Abaixando as mãos, resmungou, deu as costas e entrou no escritório. Tive a sensação de vitória. Depois que ele desapareceu, coloquei as mãos nos quadris e sorri pelo canto da boca. Senti-me muito bem ao caminhar de volta à nossa cabana.

O velho estava tomando banho. Saquei o cheque de araque do bolso e o examinei. Meu dilema era: deveria entregá-lo a meu pai ou seria melhor fingir que não sabia de coisa alguma? Além disso, aquilo não era problema meu. Tratava-se de um acordo particular, uma dívida de jogo entre ele e Sam. Não deveria nem ter aceitado o cheque. Então me ocorreu uma saída. Peguei um envelope do motel, inseri o cheque e o lacrei. Ele emergiu pelado do banheiro e depressa se espatifou na cama.

Entreguei o envelope a ele.

— Sam pediu que eu lhe desse isto.

Sentou-se e olhou para o envelope. O fato de estar fechado o tranquilizou e ele então o abriu. Seus lábios formaram um sorriso falso ao examinar o cheque.

— Fazia bastante tempo que não recebia um cheque de pagamento de verdade — disse.

# 20

Trovões e relâmpagos me acordaram. O telhado inclinado ribombava ao ser castigado pela chuva. O vento uivava. A cabana rangia. Alguém esmurrou a porta. Era Sam Ramponi, gritando:

— Abram! Abram!

Levantei cambaleando da cama e abri a porta. A chuva atacava com força. Ramponi e sua mulher estavam sob o dilúvio, ele vestindo uma capa de chuva de plástico branco que esvoaçava em seu rosto e ela com uma capa de plástico vermelha. Lançou a luz da lanterna em meu rosto.

— Cadê o Nick? — berrou.

— Dormindo.

— Acorde-o. Temos um grande problema.

Partiu com pressa e o facho de luz da lanterna perfurava as camadas de chuva à medida que ele se esforçava para tirar o impermeável da frente do rosto. Como um passarinho, a sra. Ramponi o seguiu, saltitando sobre as poças de chuva enquanto corriam em direção ao defumador.

Botei as calças e sacudi meu pai, gritando e puxando suas cobertas. Tremeu, nu e com frio, e apertou o corpo em posição fetal, recusando-se a acordar diante da algazarra ao seu redor. Deixei-o daquele jeito, a caminho da chuva assassina.

Debateu-se, molhado e ainda dormindo, enquanto eu colocava um blusão e partia para a noite negra e tempestuosa.

Corri na direção do defumador, a chuva me salpicava os olhos e atingia meu corpo com projéteis de água, mas estava alegre e gritando de deleite, dizendo a mim mesmo que o defumador estava no chão por causa da tempestade, no chão, no chão, no chão. Sorri de alegria. Esperava que fosse verdade. O monstro estava no chão, tinha de estar. E estava. No chão. Até a última pedra, nada havia sobrado, no chão.

Estava ali espalhado, morto, sob a chuva, uma pilha de ossos, um Godzilla a dar seus últimos suspiros — as paredes desmoronaram, os alicerces se desbastaram, castigados sem piedade pela chuva, trovões explodindo, bum, bum, relâmpagos cintilando, zip, zip, iluminando a floresta, claros como o sol.

De mãos dadas, os Ramponi permaneceram ao lado do ogro tombado, de cabeça baixa, prestando suas últimas homenagens. Aproximei-me da sra. Ramponi. Seu rosto transmitia tristeza e decepção, os olhos úmidos diante da perda de seu amado defumador e de suas promessas futuras. Não havia como esconder minha satisfação. Segurei sua mão e a apertei. Sorri quando se virou em minha direção, mas ela podia enxergar os demônios dançando em meus olhos.

— Que pena — sorri. — Uma lástima.

Ramponi lançou o facho da lanterna sobre as ruínas e encontrou uma série de pedras problemáticas com as quais tivéramos de brigar na tentativa de levantar a parede. Agora eram inimigas caídas, empilhadas no campo de batalha, um Waterloo de rochas, uma visão grotesca sob a chuva que caía.

— Uma grande bagunça — suspirou Ramponi. — Ah, que seja, provavelmente é melhor assim. Era uma dor para os olhos. Arruinava a propriedade.

Tomou a mulher pelo braço e caminharam pesadamente debaixo da chuva. Virando-se, ela olhou para toda aquela devastação. Lembrei da mulher de Lot.

— Diga a Nick que quero conversar com ele pela manhã — disse Ramponi.

De volta à cabana, encontrei Nick Molise dormindo tranquilo sob uma pilha de cobertas. Não se via nem a cabeça. Mas havia se levantado durante a movimentação, pois uma botija recém-aberta estava sobre a mesa de cabeceira. A última botija do fornecimento de Ramponi.

# 21

Pela manhã, não havia sinal da tempestade nem de meu pai. Verifiquei a botija. Um copo a menos. Vesti-me e saí. A chuva tinha lavado a gigantesca floresta, assentado a poeira, limpado o ar e mudado o mundo. Os pássaros piavam e esquilos com rabos felpudos saltavam de galho em galho como trapezistas de circo. A terra inteira pusera suas roupas de domingo para celebrar o fiasco do defumador. As notícias devem ter avançado longe no céu, pois nuvens curiosas circulavam pela área, vistoriando as ruínas.

Vozes enfurecidas vinham da área do defumador. Corri até lá. Meu pai estava sobre os destroços, jogando de lado as pedras menores, tentando limpar o excesso de detritos. Sam Ramponi gritava com ele. Vestia o terno de seda do trabalho e mascava um charuto.

— Não seja uma mula — dizia. — Pare enquanto está na frente.

— Não estou na frente! — retrucou meu pai, levantando uma pedra. — Estou no fim da fila.

— Qual é o problema? — perguntei.

— O palerma quer começar tudo de novo — e virou-se para meu pai: — Esqueça isso, seu filho da puta imbecil! Arrume suas coisas e eu o levo para casa!

O velho Nick continuou a levantar pedras. Seus olhos remelentos mostravam um homem bastante cansado.

— O que é que há? — perguntei.

— Nada. Vamos fazer a coisa direito, só isso.

Ramponi berrou:

— Não quero que façam direito ou que façam errado! Não quero e basta. Nunca quis um defumador. Foi ideia da minha mulher. Odeio carne de cervo. Odeio carne de vaca. Odeio carne de porco. Gosto de galinha e de peixe. Então deixem para lá. Em ruínas. Não toquem em nada! Façam as malas e eu os levo embora.

— Não, senhor — disse Papa. — Vamos ficar bem aqui. Vamos construir de novo, nem que leve todo o inverno.

Exausto, deixou-se cair sobre uma pedra chata.

Que os dois discutam, que se destruam; para mim estava acabado. Não faria mais coisa alguma. Deixei-os esbravejando e caminhei de volta à cabana. Tomei banho. Fiz nossas malas. Li um velho jornal. Ocasionalmente ia até a porta aberta e virava o ouvido na direção do defumador, invisível entre as árvores. Nada ouvia. Mas sabia que ele estava ali, com a botija a seus pés. Disse a mim mesmo que estava fazendo a coisa certa, mas ainda assim me sentia perturbado e questionava se não estava errado em não o ajudar.

Por volta do meio-dia, a sra. Ramponi correu até a porta.

— Há algo errado com seu pai.

Partiu às pressas rumo à floresta e a segui. Nick estava deitado de costas ao lado do riacho, com o rosto para o céu, os olhos fechados, a respiração funda e penosa. Abaixei-me a seu lado e ele abriu os olhos e gemeu. A sra. Ramponi se apoiou sobre os quadris e tocou seu rosto enrubescido.

— Ataque cardíaco — disse, direta. — Já vi isso antes. Meu próprio pai.

— Que tal apenas bêbado? Também já vi isso antes.

— Vamos tentar respiração boca a boca.

Ajoelhou-se a seu lado, respirou profundamente e pressionou sua boca contra a dele, empurrando o ar para dentro de sua garganta. Aquilo o fez acordar de imediato. Abriu os olhos, viu o rosto dela e deixou escapar um grito de protesto, tentando afastá-la. Ela agarrou sua cabeça com firmeza e tentou outra vez.

— Não — resmungou. — Me deixe em paz, caramba!

Enchi a mão em concha com um pouco de água do riacho e joguei em seu rosto. Lambeu a água que estava em seus lábios.

A sra. Ramponi ficou de pé.

— O sujeito está morrendo.

— O sujeito está bêbado.

— Não deixe que se mexa. Vou buscar uma coberta. Temos de mantê-lo aquecido.

Saiu às pressas. Coloquei-o sentado, mas estava mole como gelatina e a cabeça tombava para o lado. Esperava algum peso ao apoiá-lo em meu ombro, mas estava preocupantemente leve. Não pesava mais que um saco de brinquedos quando o carreguei rumo ao motel. A sra. Ramponi viu que nos aproximávamos e ficou bastante agitada.

— Coloque-o no chão, homem. Você o está matando!

Passamos por ela e entramos no escritório, onde o deitei num sofá de couro. Ela o cobriu com um lençol e buscou outra vez sua boca para fazer respiração boca a boca. Ele engasgou, se retorceu, fez careta e a empurrou para longe.

— Água — disse.

Água? Inacreditável. Era raro beber água. Devia estar de fato muito doente. A sra. Ramponi trouxe um copo da cozinha e o colocou junto a seus lábios. Bebeu tudo com avidez.

— Mais.

Bebeu mais dois copos e caiu num sono profundo. Eu sentia seu rosto quente e seco em meus dedos. Não estava bêbado. Parecia exausto e flácido, sobrepujado pelo cansaço. Balbuciando, abriu os olhos e tentou se levantar.

— Banheiro...

Jogou o lençol de lado e levantou-se, vacilando. Apoiando-se em mim, passamos pela cozinha até chegarmos ao banheiro, onde parou diante do vaso sanitário, sonolento e desequilibrado. Ao guiá-lo de volta ao escritório, desviou na direção da cozinha.

— Água.

Tomou mais três copos e voltou ao banheiro. Mantive-o ereto segurando sua cintura. Mais uma vez levou uma eternidade. Por fim voltou ao sofá de couro, desnorteado por um torpor sinistro, respirando alto.

Observando aquilo, a sra. Ramponi disse:

— Quer saber o que acho? Câncer da bexiga. Meu tio teve o mesmo. Melhor chamar uma ambulância. Não quero que morra aqui. — Empurrou o telefone de mesa em minha direção. — Serviço de ambulância de Tahoe. — Deu-me o número.

Ligando para a telefonista, pedi que me conectasse ao dr. Frank Maselli em San Elmo. Por mais de quarenta anos meu pai fora um paciente relutante de Maselli, evitando o médico o máximo possível, levando em conta que ele tinha apenas uma receita para que meu pai gozasse de boa saúde: parar de beber.

A primeira pergunta que fez ao telefone foi:

— Ele está embriagado?

Respondi que não e, ao tentar explicar a condição de meu pai, o dr. Maselli me cortou.

— Está com sede?

— Bastante.

— Espero que não esteja lhe dando vinho.

— Apenas água.

— Está mijando muito?

— Galões.

— Sinta seu hálito.

— O quê?

— Sinta o hálito de seu pai.

Coloquei o telefone na mesa, inclinei-me sobre o velho e funguei sua respiração pesada.

— Tem um cheiro doce — disse ao telefone.

— Então finalmente aconteceu.

— O quê, doutor?

— Onde vocês estão?

Disse o local.

— Qual a distância até Auburn?

— Cerca de oitenta quilômetros.

— Leve-o ao Hospital de Auburn o mais rápido possível. Encontro vocês lá. — Desligou o telefone. Virei-me para a sra. Ramponi.

— Pode nos levar ao Hospital de Auburn?

— Por Deus, sim.

# 22

Era um coma diabético.

Vinha acontecendo lentamente pelo período de dias e levou cinco horas até que o dr. Maselli e um médico do Hospital de Auburn conseguissem resgatá-lo do abismo do coma de volta ao estado de consciência. Limparam sua corrente sanguínea com soro fisiológico e administraram-lhe insulina. Teve uma reação severa à substância, entrando em choque, e precisaram contrabalançar com sacarose. Isso elevou o açúcar em seu sangue e tiveram de injetar insulina de novo, desta vez em dosagens menores até que seu nível de açúcar estivesse mais ou menos estabilizado. Enquanto isso, eu aguardava na recepção do hospital, vendo um sol furioso se pôr.

Por volta das oito da noite o dr. Maselli apareceu. Era pequeno, gordo e angelical aos 73 anos; uma enciclopédia médica, com bochechas rosadas como um garoto de Angelo Musso. Sempre conseguia parecer bem-disposto e interessado, mas na verdade era um profissional frio que passava o mínimo de informação possível.

Gostava de ser misterioso. Ao verificar a temperatura ou pressão sanguínea, nunca dava ao paciente os números. Vinha tratando a família Molise havia anos — seus ossos quebrados, sarampos, caxumbas, infecções, gonorreias, cólicas, gripes, a vesícula biliar de Mama, suas dores de coluna e suas doenças íntimas bizarras. De tempos em tempos, massageava a próstata de meu pai, que se contorcia, e lhe receitava remédios para doenças não declaradas. Meu pai gostava de Maselli não por suas técnicas de cura, mas porque nada dizia a minha mãe. Uma coisa era certa: Maselli sabia mais sobre meu pai do que qualquer outra pessoa no mundo.

— Como ele está?

Maselli se sentou numa cadeira de couro.

— Fora de perigo agora. O resto é com ele.

Mordeu a ponta de um charuto e me explicou o que foi feito para tirá-lo do coma.

— Então ele vai ficar bem?

— Dificilmente. — Acendeu o cigarro. — Seu pai é alcoólatra, você bem sabe disso. Um alcoólatra diabético. — Aquilo parecia diverti-lo. — O que me diz dessa dicotomia?

— Não sabia da diabetes.

— Um caso limítrofe por anos. Sempre o alertei, mas ele recusava qualquer tratamento. Por fim, o coloquei sob Orinase, um remédio, mas nada pode ajudar se você está embriagado o tempo todo.

— E de agora em diante?

— Insulina.

— E ir com calma com o vinho — disse eu.

— Ir com calma é o diabo. Tem de parar imediatamente. Afinal, vinho nada mais é do que açúcar da uva. Fatal. Terá que comer menos massa e pão também. De qualquer jeito, consome pão demais.

— Ele fará o que eu disser, doutor — respondi como de hábito, o clichê habitual.

— Não estou assim tão certo. A vontade de morrer de seu pai é muito maior que a vontade de viver.

— Está enganado, doutor — insisti, mais um clichê. — Tem uma tremenda força de vontade. Deveria ter visto como nos esforçamos para terminar aquele defumador.

Maselli franziu as sobrancelhas, pensativo.

— Aquele defumador me preocupa. Quero dizer, o modo como disse que o construiu. Seu pai nunca ergueu uma parede torta em sua vida.

— Estava doente, exausto.

— Há tempos que está cansado, doente e que é um diabético limítrofe, mas sempre fez bem seu serviço, nunca decepcionou. Mas desta última vez... Não sei. Estranho.

Lembrei do documento que entregara a Ramponi, o modo como aquilo o deve ter humilhado, mas nada mencionei ao doutor, que subitamente derramou uma enxurrada de fatos sobre a saúde de meu pai que me deixou atordoado. Nick Molise tinha um caso severo de pressão alta. Seu coração sofria de insuficiência do miocárdio. O fígado estava inchado e defeituoso. Os rins passaram por degeneração cística. Os olhos indicavam os primeiros sintomas de catarata. E agora a diabetes...

Tendo dito aquilo tudo, o dr. Maselli parecia aliviado, como se devesse tê-lo feito havia muito tempo, como se transferisse a responsabilidade e se abstivesse de qualquer culpa pela ruína que desmoronara. Fiquei deprimido e senti um aperto no peito ao caminhar até a janela e observar o cair da noite densa, as árvores escuras no terreno do hospital, o tráfego se movendo devagar na nebulosa rua adiante. Maselli me irritou. Por que tinha de dizer tudo? Mantivera o silêncio por todos aqueles anos e agora estava fugindo da responsabilidade. Por que eu também tinha de sofrer?

— Uma questão de sobrevivência — disse, vagamente.

— Gostaria de ver meu pai agora.

— Ele está sedado. Volte amanhã.

Virei as costas, desci as escadas até a recepção e saí, temendo o que estava por vir, minha mãe, suas lamentações, suas lágrimas. No ônibus de volta para San Elmo, pensei em não descer, atravessando aquela cidade deprimente até chegar ao aeroporto de Sacramento e pegar um voo para casa.

Por quanto tempo estivera longe? Fazia um mês, um ano? O que ocorrera com minha paixão por escrever e a urgência de fazê-lo? Chafurdei em autopiedade. Meu pai estava no hospital, um moribundo, e tudo o que conseguia sentir era uma comiseração trágica por mim mesmo. Eu estava de volta à Companhia Pesqueira Toyo lidando com fertilizante, descarregando caminhões, estava de volta à Missão do Espírito Santo comendo pão e picadinho, estava na prisão de Lincoln Heights por vadiagem. Fazia parte da escória outra vez, um proletário, filho de pedreiro fracassado que lutara durante toda sua vida por um pedacinho de espaço na terra. Tal pai, tal filho. Ah, Dostoiévski! Fiodor poderia ter surgido entre a neblina e colocado a mão em meu ombro e aquilo nada significaria. Como era possível um homem viver sem seu pai? Como poderia acordar pela manhã e dizer a si mesmo: meu pai se foi para sempre?

# 23

As luzes estavam apagadas e a casa de minha mãe envolta em escuridão quando entrei no quintal, mas vi a porta da frente aberta e ouvi o ranger da cadeira de balanço na varanda, seguido pela voz de minha mãe:

— Ele morreu?

Não havia ansiedade em sua voz, nenhuma emoção, apenas a simples aceitação do que tinha de ser.

— Não, Mama. Acabei de sair do hospital.

— Como ele está?

— Bem — respondi, enxergando um pouco de seu rosto no escuro. — O dr. Maselli está tomando conta dele. — Sentei no degrau mais alto da escada que dava para a varanda e me encostei numa das colunas.

— Isso estava para acontecer — disse ela. — Sempre soube. Foi o coração?

— Ele tem diabetes

Ela se levantou e beijou um rosário branco em sua mão.

— O pai dele morreu de diabetes.

— Quantos anos tinha?

— Era jovem. Apenas oitenta. Quando podemos vê-lo?

— Talvez amanhã.

— Está com fome? Fiz bolo de carne.

Entrei em casa atrás dela. O bolo de carne estava no forno aberto. Não parecia apetitoso, era como se ela o tivesse preparado para meu pai, seu jantar, e não consegui comê-lo. Passei pasta de amendoim numa fatia de pão e minha mãe apareceu na porta. Usava um vestido azul e cinza com um xale preto sobre os cabelos.

— Vou à igreja.

— A esta hora? Está fechada.

— Não está mais. O padre Martin mantém as portas abertas a noite toda.

— Vá pela manhã.

— Agora. Quero rezar.

— Vou chamar um táxi.

— Não. Prefiro caminhar.

Partiu e senti a pasta de amendoim grudar na boca. Pensei em minha mãe caminhando sete quarteirões no meio da noite, cruzando os trilhos da ferrovia, passando pela serraria e descendo a Pacific Street até chegar à igreja no bairro mexicano. Fui atrás dela.

Ao alcançá-la e manter o mesmo passo, ela não deu sinal de reconhecer minha presença, caminhando com outros pensamentos e uma determinação silenciosa. Como estava bonita naquela noite quente passando por uma rua mal-iluminada com casas caindo aos pedaços, amando o tirano daquele seu marido no hospital, o rosto como uma pomba, movendo graciosamente, fazendo-me lembrar de uma velha fotografia sua usando um enorme chapéu no Capitol Park, em Sacramento, aos vinte anos, apoiando-se numa árvore e sorrindo, tão perfeita naquela época, tão perfeita agora que gostaria de colocá-la nos braços como uma amante e carregá-la porta da igreja adentro.

Embora fosse quase meia-noite, a igreja não estava vazia. Lembrei-me de um provérbio italiano: "Se avistar um grupo de mulheres, significa que a igreja está por perto." Uma dúzia de mulheres se ajoelhava diante dos bancos, todas usando xales, velhas como minha mãe, a maioria rezando diante do altar da Virgem. Minha mãe ficou nos fundos da igreja, escolheu um banco e ajoelhou-se para beijar a cruz em seu rosário. Ajoelhei-me a seu lado e escutei a antiga construção de madeira estalar e bufar após o calor do dia. Pairava no ar um cheiro de inúmeras camadas de incenso e flores frescas, como casamentos empilhados sobre funerais, e sombras que saltitavam pelas paredes atrás das fileiras de velas de vigília.

A paz suavizou a expressão de minha mãe. Não se casara naquela igreja, mas seus filhos foram batizados ali e educados pelas freiras daquela paróquia. Sua fé a alimentava naquele instante e, do jeito como seus lábios se moviam, era possível vê-la recebendo a magia do local.

Depois de uma hora ajoelhado a seu lado, meu ossos doíam e me sentei de mãos postas. Então ela também se sentou, segurando as contas entre os dedos. Bastante cansado e sonolento, estiquei-me no banco e fechei os olhos. Ela passou a mão em meus cabelos e colocou minha cabeça em seu colo, sorrindo para mim. As contas dançavam diante de meus olhos enquanto adormecia. Passamos a noite ali, voltando para casa já no novo dia, caminhando por ruas que perguntavam sobre meu pai e por que não estava conosco.

# 24

Depois do café da manhã, telefonei para Virgil e contei que o velho estava no Hospital de Auburn. Sem deixar que eu explicasse, perguntou:

— Ele está bêbado?

— Não está bêbado. Está doente.

— Quanto vai custar?

— Está bastante doente, com diabetes. Ficou em coma por cinco horas.

— Diabetes? — e ele se mostrou aliviado. — Não é tão mau. Ele tem ajuda do sistema de saúde.

— Quase morreu.

— E daí? Está vivo, não está?

— Por pouco.

Depois de certo silêncio:

— Cruzes.

Disse-lhe que Mama estava preparando jantar para os membros mais próximos da família às seis e que o queria ali com os outros. Depois, iríamos ao Hospital de Auburn fazer uma visita ao velho.

— Não posso — respondeu. — É minha noite de boliche.

— Não seja cretino — disse eu. — Pelo menos desta vez, vamos fazer algo como uma família. Devemos isso a Papa. É o preferido dele, Virge. Acho que sabe disso.

Soltou um cacarejo.

— Isso é engraçado, Henry, especialmente sabendo que o desgosto dele por nós é dividido por igual.

— Você vem?

— O que Mama está cozinhando?

— Que diferença faz? Não é uma celebração, mas um momento solene.

— Vitela com pimentão. Daí eu apareço.

— Combinado.

Tentar entrar em contato com meu irmão Mario envolvia as complicações de sempre. As crianças gritavam ao fundo e a televisão estava a todo volume. Minha cunhada atendeu.

— Olá, Peggy. O Mario está?

— Sim, dormindo. Você ainda está na área?

— Poderia acordá-lo, por favor? É importante.

— O que o prende em San Elmo, Henry? Não me diga que está escrevendo um romance erótico sobre seu pai e sua mãe.

— Peggy, ouça. Papa está no hospital.

— Encheu a cara de novo. Ótimo.

— Está muito doente, com diabetes.

— Verdade? Minha tia teve diabetes. Ele vai ficar bem. Basta dar-lhe bastante suco de laranja.

— Excelente ideia, Peggy. Direi ao dr. Maselli. Por favor, poderia chamar Mario ao telefone?

Ponto. Fim de conversa. Deixou o fone fora do gancho e esqueceu por completo de mim. Aguardei por vinte minutos, ouvindo as crianças berrando, portas se abrindo, cachorros latindo. Ouvi Peggy dando palmadas no traseiro da garotinha e os gritos agudos da criança, seguidos do barulho de móveis desabando e do choro do menino. Ouvi Mario praguejar e exigir seu café da manhã. Deve ter chutado o cachorro, que ganiu de dor. O que sucedeu então foi uma briga, marido e mulher em combate, o baque dos corpos, as louças quebradas, os gritos das crianças, os latidos descontrolados dos cães, o ruído do motor de uma caminhonete, o guincho da borracha queimada, o ranger da caçamba enquanto o veículo massacrava as marchas e partia em retirada.

Uma hora depois localizei Mario no escritório de despacho da ferrovia.

— Quando vamos nos encontrar? — perguntou.

Contei sobre Papa.

— Cristo — disse. — Que coisa terrível. Nessa idade, também. Diabetes... o que é diabetes? Não é um tipo de doença venérea?

— Nada desse gênero, babaca. Trata-se de excesso de açúcar no sangue e na urina.

— É isso. Sabia que tinha algo a ver com urina. Onde foi que pegou isso?

— Não dá para pegar porque não é contagioso.

— Curioso. Papa detesta açúcar.

— Ele está melhor agora. Vamos ao hospital esta noite, todos nós, e isso inclui você. Mama quer que apareça para o jantar às seis. Tudo bem?

— Aparecerei para o jantar, mas não vou ao hospital. O velho Nick me detesta. Só iria aborrecê-lo.

— Está enganado, cara, redondamente enganado. Papa *gosta* de você. De todos nós, você foi o único que tentou aprender seu ofício. Eu e Virgil desistimos, mas você foi leal, Mario, um bom filho. Fez seu melhor. Fracassou, mas a questão não é essa. Você tentou. Ele se lembra disso. Acha que você ainda tem o necessário para ser um grande pedreiro. Pode não demonstrar, sabe como ele é, mas o homem adora você, Mario. Ele o respeita. Mal consegue me tolerar e não gosta nem um pouco de Virgil. Mas você enche os olhos dele.

Sua voz enterneceu.

— Também gosto dele, caramba. Sempre gostei. Talvez tenhamos tido alguns conflitos, mas não guardo mágoa.

— Que bom, Mario. Esqueça o passado. Venha ao hospital conosco. Ele está velho. Pode morrer qualquer dia. Então façam as pazes. Fique de consciência tranquila. Faça-o saber que o ama tanto quanto ele ama você.

— Eu vou, Henry. Talvez possa levar algo. Que tal uma botija de Angelo Musso?

— Ele não pode beber vinho.

— Que tal flores? Uma planta?

— Talvez.

— Talvez um par de chinelas.

— Perfeito.

— E um roupão.

— Ótimo.

— Vejo você na casa da Mama.

Repentinamente percebi que estava me gozando — e a si próprio — e que não tinha a menor intenção de aparecer para o jantar, de comprar um presente para seu pai ou de visitá-lo no hospital. Mario era um sonhador que nunca colocava em prática suas boas intenções.

# 25

Esperamos por ele durante o jantar, sentados à mesa da cozinha, Stella, Virgil e eu, bebericando vinho e roendo lascas de cenoura e aipo enquanto minha mãe, pensativa sobre o fogão, vigiava o prato principal, dobradinha, *trippa milanese*, algo simples e austero, condizente com a ocasião. Colocara um prato na cabeceira para o marido, numa espécie de homenagem, e o peso de sua ausência era sentido no ar.

Às seis e meia, foi até a varanda da frente procurar pelo filho genioso. De braços cruzados, olhou para os dois lados da rua antes de voltar à cozinha.

— Vamos comer — anunciou.

A *trippa milanese* não era simples nem austera, mas aromática e saborosa: cubos de tripa em forma de favo preparados com arroz, pimentão e molho de tomate, salpicados de queijo parmesão e temperados com manteiga e especiarias.

Virgil esqueceu seu desejo por vitela com pimentão e comeu como um cão faminto, limpando rápido o prato e pedindo mais. Agia mais como um glutão num banquete do que como um filho preocupado prestes a visitar o pai enfermo. Encerrou com um arroto vulgar, engoliu o vinho e declarou que era chegada a hora de encarar a realidade, os fatos da vida.

— Vamos colocar as coisas em sua devida perspectiva — disse, como o presidente do Banco da América. — Em primeiro lugar, temos a questão do seguro de vida de nosso pai. Algum de vocês pensou nisso ultimamente? Está tudo em ordem? Alguém leu as letras miúdas?

Stella jogou o guardanapo no chão.

— Cale a boca, Virgil!

Ele a encarou, com ar de inocência.

— Ofendi alguém? Não posso fazer algumas perguntas simples? No mundo dos bancos a abordagem vai direto ao que interessa. Não há espaço para emoções.

— Papa não está morto — disse Stella. — Está doente.

— Não pode virar as costas para esses problemas. — Virgil sorriu, condescendente. — Enfrente-os com coragem, com sinceridade: seguro, custos do funeral, o futuro de Mama...

Era como se tivesse dado um soco no estômago de sua mãe. Ela se levantou e saiu atordoada da cozinha. Ouvimos seus soluços depois que fechou a porta do quarto. Virgil balançou a cabeça, descrente.

— Bom discurso — disse eu.

Stella agarrou uma fatia de pão e a arremessou no rosto de Virgil.

— Você é um monstro! — disse ela. — Sempre foi. Eu odeio você!

Pôs-se a fitar os dedos e ficamos sentados ali, ouvindo Mama abrir gavetas e andar de um lado para o outro do quarto. Saiu vestida para nossa visita ao hospital. Colocara pó de arroz demais no rosto e usava aquele casaco vergonhoso com ar de bordel da tia Carmelina. Pendurada no braço levava uma enorme bolsa preta de couro envernizado.

— Estou pronta — disse.

— Tem de usar este agasalho medonho? — protestou Stella.

— Gosto dele — disse Virgil, tentando consertar as coisas. — Fica muito bem na senhora.

— É um traste — disse Stella. Olhou para os pés de Mama. — Veja só suas meias, completamente enrugadas.

Colocando o braço sob o casaco e o vestido marrom de seda, Mama ergueu as duas meias com um só movimento.

— Pronto.

— Por Deus — disse Stella.

Levou Mama para perto da luz da janela, umedeceu um guardanapo com saliva e limpou as manchas pesadas de pó de arroz sob seus olhos e em torno do pescoço.

— Tente ficar bonita para Papa.

— Ele não liga — respondeu Mama, emburrada.

Caminhamos até o Pontiac de Stella. Mama e Virgil sentaram no banco de trás e eu fui na frente ao lado de Stella. O Hospital de Auburn ficava a cerca de trinta quilômetros. Quando Stella deu a partida no motor, minha mãe disse:

— Espere. Esqueci de deixar um bilhete para Mario.

— Dizendo o quê? — perguntou Virgil.

— Que nos encontre no hospital.

— Esqueça. Ele não virá.

— Talvez apareça — rebateu Mama, tateando o banco com dificuldade para sair do carro.

— Deixa comigo — disse eu, abrindo a porta.

— Coloque o bilhete na geladeira — aconselhou Mama. — É ali que vai procurar.

Fui à cozinha, rascunhei o recado e o deixei sobre uma torta de maçã fresquinha na geladeira.

Em seguida partimos para o hospital.

## 26

Dois a dois passamos marchando pelo balcão da recepção e seguimos ao longo do lustroso corredor do hospital, Mama e Virgil, Stella e eu. Na porta do quarto de meu pai, paramos para uma consulta. Mama estava um pouco ofegante. O pó tinha se esvaído de seu rosto corado e ela empurrou o colarinho de pele do casaco para longe de seu pescoço acalorado.

— Como estou?

— Estaria muito melhor se tirasse essa droga de capote — disse Stella, estendendo a mão para arrancá-lo dos ombros de mamãe. — Eu o carrego para a senhora.

Mama cedeu e Stella enganchou o casaco nos braços. O vestido marrom de cetim debaixo do casaco estava surrado e amarrotado, como se tivesse vindo do Exército da Salvação ou do século XIX. Havia pontos em que a roupa de baixo se avolumava e o vestido pendia torto, a bainha enviesada.

— Puxe as meias para cima — disse Stella.

— Ora, ele não se incomoda mais com coisas assim — disse Mama, mas de qualquer forma deu uma esticadinha nas meias.

Todos nós a examinamos criticamente. Pobre Mama. Nem Dior teria melhorado as coisas. Era o jeito como estava ali, de pernas meio cambaias, num vestido de outra pessoa, com meias que caíam e sapatos que pareciam grandes demais.

— Pronta? — perguntei, segurando a maçaneta da porta.

Stella deu um abraço tranquilizador em Mama.

— Fique calma agora. Não chore.

Aquilo logo desencadeou lágrimas, mas ela as sufocou assim que entramos no quarto. Nick estava recostado contra a alta cama de hospital, sereno, quase lânguido. Nos reunimos ao seu redor, dizendo olá e tocando nele. Parecia esplêndido, barba feita, cabelos cortados e penteados, bigode aparado, fresco e descansado, nenhum ar de doente. Mama olhou para ele e derreteu como manteiga quente, seus olhos marejando. Curvou-se e o beijou e Stella fez o mesmo. Um forte aroma de loção de barba exalava dele.

— Onde está Mario? — perguntou.

— Teve de trabalhar — falei.

— Ainda está com raiva de mim por causa daquela história do beisebol.

— Nada disso — disse Stella. — Mario tem uma família agora. Esqueceu tudo aquilo.

— Não o Mario. Ele não esquece nada.

Mama apertou sua mão.

— Estão tratando você bem?

— Muito bem.

Nunca o vi tão tranquilo, tão à vontade. Talvez fosse o Valium.

— Você está magro — disse Mama. — Tem comido bem?

— Bastante comida. Aspargos com torrada ao jantar. Vagem e gelatina.

— Gelatina? Você não gosta de gelatina.

— Estava gostosa.

— Que tipo de molho no aspargo?

— Nenhum molho.

Mama ficou horrorizada.

— Que tipo de lugar é esse?

— Um bom lugar. As enfermeiras, simpáticas.

— Você parece pálido — e virou-se para nós. — Não acham que ele está pálido?

Não achávamos.

— Eu me sinto bem — disse ele. E então, satisfeito: — Estou tomando insulina.

Perguntei se ele aplicava a injeção em si mesmo.

— A srta. Quinlan me deu a injeção.

— Vai ser seu trabalho a partir de agora, Mama — disse Stella.

— Todo dia, a partir de agora — disse Papa. — Fale com a srta. Quinlan. Ela vai lhe mostrar o que fazer.

— Quem é a srta. Quinlan? — perguntou Mama.

— Minha enfermeira — disse Papa.

Aquilo chateou Mama. Cruzou os braços.

— Um monte de coisa a aprender — continuou ele. — O que posso comer, o que não posso comer. Não é como nos velhos tempos. Nada mais de *pasta*. Não muito, enfim.

Mama ficou atônita.

— Nada de *pasta*... nada de espaguete?

— Um pouquinho. Uma vez por semana.

— *Lasagne*?

— Natal e Páscoa.

— *Pastina*? As pequenas, em alho e óleo?

— Fale com a srta. Quinlan. Ela tem uma lista.

— Vou falar com o dr. Maselli. Não preciso falar com uma enfermeira.

Virgil tinha um presente para ele, um maço de charutos baratos italianos. Ele pegou o maço hesitante e devolveu.

— Não fumo mais, filho. Larguei para sempre.

— Não acredito — disse Virgil.

— Ordens do médico. Nada mais de vinho, nem de charutos.

— E nada de pasta? — Stella sorriu com um ar de dúvida. — Não vai ser fácil, Papa.

Os olhos dele brilharam.

— Vou conseguir.

Mama apertou o pulso dele.

— Claro que vai. Primeiro, saia deste lugar. Venha para casa. Descanse uns dias, até se sentir melhor. Nada mais de trabalho, nada mais de montanhas. Durma em sua própria cama. Vá ao centro da cidade, caminhe. Converse com a rapaziada no Roma. Talvez um charuto depois do jantar. Logo vai se sentir melhor. Não me importa o que o doutor diga: um charuto nunca faz mal a ninguém. O mesmo com um pouco de espaguete e uma taça de vinho. Você não vai viver para sempre, portanto aproveite enquanto pode. Vou falar com o dr. Maselli. Ele entende.

Aquilo fez o velho sorrir.

— Vamos ver.

Um dilema absurdo. Eu não via muita chance para ele. Sessenta e cinco anos de vinho, massas e charutos e agora ele propunha mudar para uma vida de abnegação. Como poderia resistir às fragrâncias das sereias que emanavam dos caldeirões de sua mulher? Cada quarto da casa era aromatizado com a boa vida, com a vida mediterrânea.

Baixei o olhar até ele naquela severa camisola de hospital, os olhos brilhando com a determinação de continuar vivo, seu maxilar quadrado como uma pedra, os punhos sobre o colo, aquele homem forte em decadência, todo minado por dentro, que agora propunha contrapor-se ao terno logro de uma mulher que o mantivera vigoroso ao longo dos milhares de dias de sua existência. No entanto, apesar de tudo, milagres aconteciam. Um homem era capaz de mudar, quando não apenas para sobreviver.

Uma enfermeira entrou no quarto. Tinha cerca de quarenta anos, uma loura oxigenada, alta, atraente, jovial, falante e carregando uma jarra de amostra.

— Boa noite para todos! — saudou, e nós saímos do seu caminho enquanto se aproximava da beira da cama.

— E então, como está meu garoto levado?

— Muito bem. — Papa sorriu.

Ela amaciou seu travesseiro, debruçando-se sobre ele com seios fartos num uniforme apertado, enfiando-o no travesseiro, ajeitando seus cabelos para trás, embaraçando-o e fazendo-o evitar o olhar glacial de Mama.

— Esta é a minha família — disse ele.

— Como estão todos? — disse a enfermeira. — Sou a srta. Quinlan. Ele não está ótimo esta noite? Deviam tê-lo visto na noite passada! Isso só demonstra o que um cuidado carinhoso pode fazer. Um menino tão bonzinho. Não dá o menor problema.

— Quando podemos levá-lo para casa?

— Isso quem decide é o médico.

Ela estendeu a jarra de amostra para Papa.

— Tem algo para mim, Paizinho?

Paizinho!

Dava para ver minha mãe contorcendo-se e tentando destruir a srta. Quinlan com um olhar de escárnio enquanto a enfermeira ajudava Papa a levantar-se da cama e ir até o banheiro, sua camisola aberta nas costas mostrando a bunda nua.

Ele entrou, fechou a porta, trancou-a com cuidado, depois reapareceu com a jarra cheia pela metade.

— Que amostra adorável! — disse a enfermeira Quinlan entusiasmada, erguendo a garrafa contra a luz. — Clara como mel, a melhor até agora.

Nick enfiou-se de novo na cama sob os olhos causticantes de Mama, cobrindo-se até o queixo, como que para esconder seu corpo. A srta. Quinlan amaciou seu travesseiro, alisou seus lençóis, colocou seus cabelos para trás.

— Boa noite, docinho — sussurrou ela, partindo com a amostra.

Um silêncio sepulcral encheu o espaço esvaziado pela srta. Quinlan. Mama parecia perdida, anestesiada, uma ruína. Olhou para a porta, como se a enfermeira ainda estivesse lá.

— *Puttana!* — disse.

A campainha tocou, sinalizando o término do horário de visitas.

— É hora de ir — disse Virgil.

Mama abaixou-se para beijar seu marido na testa, buscando fundo em seus olhos.

— Cuide-se — advertiu.

Stella beijou-o e Virgil e eu desejamos boa noite. Saímos, olhando para trás na sua direção, e ele nos observava, um velho solitário num quarto árido, numa cama alta, filtrado, ofuscado, misturado a uma parede azul.

Pelo corredor, em passo rápido, disparou minha mãe, ansiosa por deixar o hospital para trás. Stella e Virgil apressaram o passo para acompanhá-la, mas eu me deixei ficar para trás, intrigado por imagens numa tela de televisão dentro de um dos quartos do hospital. Era um jogo de beisebol. Sentado na cama, um homem acompanhava.

— Quem está jogando? — perguntei.

— Os Giants e os Dodgers.

Aquilo explicava o que havia acontecido com Mario.

# 27

Três noites depois, sonhei com o enterro de meu pai. A srta. Quinlan estava ao lado da sepultura, de frente para Mario, e eles sorriam no íntimo. Nas proximidades havia um coche funerário puxado por quatro cavalos negros adornados com arreios de prata e penachos brancos. Minha mulher e meus filhos estavam no banco do cocheiro, sorrindo maliciosamente para minha mãe enquanto ela jogava terra na sepultura com uma pá e uma quantidade de pessoas tagarelava e ria sem reverência, como festeiros num piquenique. Eu era apenas um observador, mas não estava presente no sonho. Estava encharcado de suor ao acordar às dez horas da manhã, caminhar até a cozinha e me servir de café. Pela janela vi minha mãe no quintal, jogando grãos para as galinhas. O telefone tocou.

Era o dr. Maselli, ligando do hospital.

— Viu seu pai esta manhã?

— Ele está no hospital.

— Não está mais. Acabo de voltar do seu quarto. Suas roupas sumiram e ele também.

Eu ri.

— Há quanto tempo está sumido?

— Saiu entre sete e oito desta manhã.

Ri de novo.

— O que há de tão engraçado? O galo velho não tomou sua insulina esta manhã.

— Isso é ruim?

— Se parar para abastecer em algum bar, pode entrar em outro coma.

— Talvez esteja num ônibus para San Elmo.

— Melhor dar uma verificada. Tente o Onyx e o Café Roma.

Perguntei se ele tinha tentado nos bares perto do hospital.

— Estou com pacientes aqui. Não posso sair agora.

— E a polícia?

— Para quê? Não é um criminoso, é apenas um grande idiota.

— O que faço se o encontrar?

— Se estiver em San Elmo, leve-o para meu consultório. Estarei lá dentro de uma hora. Ou bote ele num carro e o traga de volta ao hospital.

Eu me vesti depressa e saí de casa para a manhã fria e luzidia, sentindo o frescor na minha pele.

Meu velho! Que tesouro era ele, quanta excitação ele gerava! Aquele era o seu gênio, um talento para sacudir o mundinho em que vivia. Caminhei rapidamente para a cidade, rindo em silêncio, tão satisfeito com ele. Podia morrer, e daí? Dostoiévski estava morto e, no entanto, muito vivo no meu coração. Viera a mim como a graça de Deus, o clarão de um relâmpago que iluminou minha vida. Meu pai tinha aquela mesma iridescência, um halo ao meu redor, minha própria carne e sangue, um poeta afirmando sua vontade de viver.

Parei no Onyx Bar primeiro. Art Pinto estava atrás do balcão, servindo cerveja para dois guarda-freios. Perguntei se tinha visto meu pai.

— Não mais, Henry. Não está autorizado.

O Café Roma estava deserto exceto por Frank Mascarini, polindo copos atrás do bar. Há dias que não via meu pai.

Perguntei:

— Onde estão Zarlingo e Lou Cavallaro?

— Nunca chegam antes do meio-dia.

Saí. O dia estava esquentando. Parado na sombra sob o toldo do Leroy Hotel, meditei sobre o problema. Onde um homem que saísse do hospital poderia tomar um drinque? Obviamente, no primeiro bar. Aquela fora a minha suspeita inicial. Ele não perderia tempo à espera de um ônibus que o levasse para a sua cidade se tivesse fugido do hospital. As probabilidades eram de que se enfiasse no primeiro bar que aparecesse. Devia estar em algum lugar em Auburn, num *saloon* na Chop Suey Street, não longe do hospital. Segui a rua até o pessoal da Hertz e aluguei um Chevrolet para chegar até Auburn.

A Chop Suey Street ocupava todo um quarteirão, o bairro chinês de Auburn. Consistia de seis bares comprimidos entre os prédios de madeira e alvenaria caindo aos pedaços. Estacionei no final da velha quadra bordejada de olmos e entrei num estabelecimento chamado Silverado. O interior estava fresco e escuro e fragrante com os vapores de cerveja. O jovem barman não prestou atenção em mim.

— Estou procurando meu pai — expliquei. — Um sujeito idoso, mais ou menos do meu tamanho. Setenta e seis anos, com calça e camisa cáqui. Tem um bigode.

Ele apontou com a cabeça para o interior do bar.

— Pode escolher. Temos um monte deles que corresponde à descrição.

Na penumbra dos fundos, caminhei por entre mesas onde uma dúzia de velhotes estava sentada em silêncio sonolento, bebericando cerveja e sherry. Surpreendeu-me como todos se pareciam com meu pai, as mesmas mãos nodosas, os mesmos sapatos gastos e deformados, os mesmos chapéus surrados, os mesmos olhos opacos olhando para o nada. Nick não estava entre eles, nem em qualquer outro bar ao longo da rua.

Caminhei de volta ao carro alugado e dirigi alguns quarteirões até o centro de Auburn. Não estava na rodoviária e os bares da rua principal eram chiques demais para seu gosto, por isso não parei para procurá-lo ali. Em vez disso, rodei até o hospital, na dúvida se ele não teria voltado.

A srta. Quinlan e outra enfermeira estavam na recepção do segundo andar quando saí do elevador. A srta. Quinlan falava ao telefone. Ficou espantada ao me ver.

— É o seu pai — disse, passando-me o fone.

Peguei o fone.

— Olá, Papa. Onde está?

Ele desligou.

Botei o fone no gancho e perguntei à srta. Quinlan se ela sabia de onde meu pai havia telefonado.

— De algum lugar na estrada. Uma vinícola.

— A vinícola de Angelo Musso?

— É isso mesmo.

— Ele parecia bem?

— Acho que andou bebendo.

— Precisa de ajuda?

— Sem insulina ele precisa de ajuda desesperadamente.

— Por que ele telefonou, srta. Quinlan? O que ele queria?

Ela hesitou.

— Pediu que fosse encontrá-lo lá.

— Para quê?

— Queria me mostrar a vinícola — e ela sorriu. — O velho safado...

Virei-me e comecei a sair, mas o que ela disse me inquietou. Voltei e a afastei da recepção e da outra enfermeira que estava lá.

— Srta. Quinlan — falei. — Aquele comentário "o velho safado", o que quis dizer com isso?

Examinou-me com olhos azuis e claros da cor do céu, estudando a sua resposta com cuidado:

— No inverno passado, tive um paciente numa máquina de hemodiálise, um simpático senhor de idade, com 92 anos. O pobrezinho morreu em meus braços, com a mão na minha calcinha. Sabe o que quero dizer, sr. Molise?

Minha libido começou a assobiar e uma onda de luxúria tomou conta de mim, calor na garganta e nos joelhos, meus olhos mergulhando no azul dos olhos dela, os seios fartos puxando-me em sua direção; seu pescoço alvo girou de maneira suave e eu me pus a divagar irracionalmente se sua boceta seria loura também, e estremeci, envergonhado, pensando, meu Deus, o que estou imaginando numa hora destas?

— Srta. Quinlan — titubeei. — Foi por isso que meu pai fugiu do hospital?

— Foi a injeção de insulina. Não queria tomá-la. Orinase, o medicamento que vem em forma de pílula, não fazia efeito em seu pai. Ele precisava tomar a insulina por via hipodérmica e aquilo o fazia subir pelas paredes, de tanto que detestava.

Agradeci e pedi a ela que entrasse em contato com o dr. Maselli.

— Diga a ele que meu pai está na vinícola de Angelo Musso. Maselli sabe tudo a respeito.

# 28

Levava dez minutos da Rodovia 80 até o desvio para a casa de Angelo, mais meio quilômetro colina acima até a vinícola. Circundando a entrada de carros nos fundos da casa, dei de cara com o motor-home Datsun de Joe Zarlingo. Não me surpreendeu. (Mais tarde eu soube que, depois de telefonar para Zarlingo do seu quarto de hospital naquela manhã, meu pai havia se vestido e caminhado com calma para a rua pela entrada principal do hospital, passando pela recepção e saindo pela porta da frente, esperando nos degraus do hospital que Joe e seus amigos o arrancassem dali.)

O calor do meio-dia me pegou pelo pescoço quando desci do Chevrolet e caminhei até um grupo de homens reunidos debaixo do parreiral. Os seis estavam ao redor da longa mesa de piquenique, Angelo numa extremidade, meu pai na outra.

Majestoso e enlanguescido, meu velho estava afundado numa cadeira de vime, sorumbático e embriagado, seus braços flácidos sobre os braços da cadeira. Parecia um antigo patrício romano esperando que o sangue se esvaísse dos seus pulsos cortados. Entre eles nos bancos sentavam-se os quatro camaradas do Café Roma — Zarlingo, Cavallaro, Antrilli e Benedetti. Estavam todos chumbados, mas sob controle, tragando vinho de copos grossos. Jarras de Chianti e bandejas de comida espalhavam-se pela mesa comprida: salame, salsichas, *prosciutto*, pães e bolos de erva-doce. Haviam festejado longa e belamente debaixo do caramanchão de videiras e o mesmo tinham feito enxames de abelhas atordoadas, cambaleando sobre a comida e patinhando em poças de vinho, enquanto centenas zumbiam entre uvas moscatel maduras demais que pendiam das vinhas.

Nem uma palavra foi falada quando passei por entre eles. Era como se eu não fosse de nenhuma importância, um estorvo, outra abelha. Encostei-me em silêncio atrás da cadeira de meu pai e coloquei as mãos sobre seus ombros, sua carne macia afastando-se, seus ossos próximos demais do toque.

— Sou eu, Papa.

Ele ergueu a cabeça.

— Que horas são?

— Hora de voltar para o hospital.

— Não, senhor. Não eu.

— Precisa de sua insulina.

Ele sacudiu a cabeça.

— Pare de encarnar no seu pai — disse Zarlingo. — Sente-se e tome um trago. Sossegue. Aproveite a festa.

— Vou levá-lo de volta para o hospital.

— Isso depende dele — estendeu o braço e tocou a mão de meu pai. — Quer voltar para o hospital, Nick?

— Não, Joe. Aqui é bom. Quieto.

Angelo sem voz fez um cacarejo, gesticulando para que eu chegasse do seu lado, seduzindo-me com um sorriso desdentado. Quando me aproximava dele, começou a escrever algo num bloco de papel com um lápis, rasgando o papel com rabiscos rápidos, arrancando a folha e passando para mim.

Era legível, mas estava em italiano.

— Não consigo ler — disse a ele devolvendo a folha.

Benedetti arrancou a folha da minha mão.

— Deixa ver.

Estudou o escrito por um momento e então assentiu com a cabeça para o velho.

— Certo — disse a Angelo. — Você está sempre certo, Angelo.

— O que diz aí? — perguntei.

— Diz "É melhor morrer da bebida do que morrer de sede".

Desviei o olhar para o velho fabricante de vinho.

— O que quer dizer isso? — perguntei, fitando os olhos dilacerados de Angelo. — Não entendo.

Rapidamente Angelo voltou a escrever, outra frase rápida, passando a folha para Benedetti, que traduziu mais uma vez:

— "É melhor morrer entre amigos do que morrer entre médicos."

A frase provocou aplauso, um bater de palmas, taças erguidas e afogadas num brinde, até mesmo um aceno de meu pai, que estava além do ponto de entender qualquer coisa.

Encorajado, Angelo começou a escrever de novo. Só havia uma escolha para mim. Afastei a cadeira de meu pai e tentei erguê-lo, meus braços ao redor do seu peito. Ele lutou comigo, fraco, mas com raiva, contorcendo-se e sentando de novo na cadeira. Os *paesani* ficaram olhando. Não queriam me ajudar.

Eu falei:

— Por favor, me deem uma mão. Este homem está muito doente.

Ficaram sentados como sepulturas. Comecei a chorar. Não de dor, nem de angústia por meu pai, mas por compaixão de mim mesmo. Como eu era bom. Que filho leal, que belo filho! Tentando salvar a vida de meu pai. Como me sentia orgulhoso de mim mesmo. Que ser humano decente eu era!

Chorei e bati com a mão na mesa e o vinho dançou, derramou e as abelhas rosnaram. Puxei os cabelos. Caí de joelhos e agarrei-me a meu pai.

— Venha comigo, Papa. Você precisa de cuidados. Não deve morrer neste lugar miserável.

Seu olhar vago me alcançou.

— Vai pra casa, garoto. Vá ver o que sua mãe precisa.

Levantei-me com vergonha e revolta e sentei-me no banco, soluçando. Tinha um talento para chorar. Ele me trouxera muitas recompensas ao longo da vida, e algumas encrencas também. Quando sua fraqueza é a sua força, você chora. O choro desconcerta as pessoas, elas não sabem lidar com ele, estão esperando violência e subitamente ela desaparece numa poça de lágrimas. Chorei na minha primeira comunhão. Minhas lágrimas comoveram Harriet e ela, por fim, se casou comigo. Sem lágrimas eu jamais poderia ter seduzido uma mulher e com elas eu nunca falhei. Devastaram os corações de mulheres que não gostavam de mim e que queriam me matar depois por terem sucumbido. Chorei ao ler passagens melancólicas de minha própria escrita. Quanto mais velho ficava, mais chorava.

Agora Zarlingo foi afetado, estendendo o braço sobre a mesa para apertar minha mão.

— Calma, meu filho — consolou-me. — Enxugue os olhos, tome um trago. Não se preocupe com seu pai. Ele é forte como um boi.

Enxuguei o rosto e assoei o nariz. Empurrei o vinho garganta abaixo. Da estrada lá embaixo vinha o ruído de uma sirene que se aproximava, cada vez mais alto. Caminhei até a entrada de carros e vi uma ambulância branca levantando um rastro de poeira enquanto corria até a estrada privada de Angelo. Quando diminuiu a marcha, vi dois enfermeiros vestidos de branco na cabine. O dr. Maselli estava com eles. Saltaram ao chão.

— Onde está ele? — perguntou o médico.

Seguiu-me até o caramanchão e chegou ao lado do meu pai. Erguendo a cabeça caída, ele puxou uma das pálpebras para trás. Retirando uma seringa hipodérmica de seu estojo, ele a encheu com uma substância leitosa de um frasco e injetou-a no braço de meu pai. Angelo e os outros irmãos juntaram-se ao redor, observando. Abriram espaço quando os enfermeiros chegaram com uma padiola. Deitaram meu pai com cuidado na maca e o ergueram do chão. Quando o levaram para a ambulância, cada um de seus amigos murmurou um adeus.

— *Ciao, Nicola. Buono fortuna.*

— *Addio, amico mio.*

— *Corragio, Nick.*

— *Corragioso, Nicola.**

Meu pai jazia imóvel, os olhos fechados. Mesmo o sol quente não conseguiu perturbar suas pálpebras. Angelo

---

*As citações de Fante em italiano, apesar de incorreções ortográficas e outras, foram mantidas para guardar a fala característica dos personagens. (*N. do T.*)

chegou ao seu lado com uma garrafa de Chianti forrada de palhinha e a colocou na longitudinal debaixo de seu braço. Isso fez o dr. Maselli franzir a testa. A maca foi colocada na ambulância e a porta fechada. Enquanto o carro branco se distanciava, os amigos de meu pai o observavam levantando poeira na direção da rodovia.

— Ele vai ficar bem — disse Zarlingo.

— Claro que sim — disse Cavallaro. — Vai viver mais que todos nós.

— Eu vou brindar a isso — disse Benedetti.

Entrei no carro alugado e segui a ambulância.

Durante meia hora esperei num banco no corredor do lado de fora da sala de emergência do Hospital Auburn. Quando o dr. Maselli saiu, sem jaleco, trazia em si o olhar da morte.

— Foi embora.

— Como, doutor? Por quê?

— Hemorragia cerebral. Rápida, indolor. Um homem não pode pedir uma maneira melhor de morrer.

Quando se virou para partir, ele perguntou:

— Quer que conte para sua mãe?

— Eu conto para ela.

No telefone público do corredor, liguei para Stella. Ela engasgou com a notícia e começou a chorar. Choramos juntos por muito tempo, nos braços um do outro, pelo telefone.

Perguntei:

— Você conta para mamãe?

— Meu Deus! — ela soluçou. — Meu Deus!

Desliguei e caminhei até o carro no estacionamento. O dia que desvanecia recusava-se a refrescar e eu estava amortecido e sem vontade de dirigir para casa e para a agonia de minha mãe e o espaço vazio no mundo agora que meu pai se fora. Lembrando os bares da Chop Suey Street pensei em me embriagar, em me perder na semiescuridão com aqueles velhos solitários que descamavam seus últimos dias num daqueles lugares.

Quando dei a partida no carro, uma enfermeira desceu os degraus do hospital até o estacionamento. Era a srta. Quinlan. Caminhava direto para mim carregando um suéter branco, deslocando-se suavemente em sapatos baixos, ereta, limpa e bonita, o sol por trás dela, penetrando no espaço entre suas coxas. Desci do carro e fiquei no seu caminho. Ela parou e sorriu.

— Sinto muito por seu pai — disse.

Meus olhos marejaram. Peguei suas mãos.

— Oh, srta. Quinlan, me ajude! Não sei o que fazer, para onde ir. O que vou fazer, srta. Quinlan? Estou perdido. Estou infeliz!

Ela me abraçou.

— Vamos, vamos, sr. Molise. Sei como deve se sentir, eu sei. Leva tempo, meu caro amigo. O senhor deve ser forte, em nome do seu pai.

Toda minha vida rodopiava à minha volta e agarrei-me a ela com minhas mãos e minha dor.

— Por favor, srta. Quinlan. Por favor, trepe comigo, por favor. Me salve, me foda!

Ela se desvencilhou e olhou firme em meus olhos, espantada, hesitante.

— Está me pedindo *isso*?

— Sim, srta. Quinlan! Eu amo você, eu adoro você! Tenha dó de mim.

Ela deu um passo para trás e me estudou.

— Bem... isso é possível, eu acho.

— Por favor, querida, maravilhosa srta. Quinlan!

— Preciso ir ao supermercado antes.

— Posso ir com você? Vou empurrar seu carrinho de compras.

— Se quiser. — Ela sorriu.

Sufoquei sua mão com beijos e lágrimas. Tentei colocar-me de joelhos, mas ela me impediu.

— Não faça isso, sr. Molise. Fique de pé, por favor.

— Obrigado, meu anjo. Obrigado, obrigado!

Entramos no meu carro e fomos ao mercado, minhas lágrimas secando rapidamente, a srta. Quinlan ao meu lado com seu bonito chapéu de enfermeira sobre suas louras tranças nórdicas, os joelhos como romãs sob a meia-calça, tão meticulosa, uma dama.

Como parecia deliciosa, caminhando pelos corredores do mercado, selecionando itens, colocando-os no carrinho. Insisti em comprar para ela uma garrafa de scotch e um bolo de coco e gordas costeletas de porco e quando passávamos pelo caixa paguei tudo, apenas para ouvi-la suspirar de gratidão e me chamar de louco. Voltamos ao meu carro e abri a porta para ela e seu magnífico traseiro passou flutuando diante de meus olhos como a graça de Deus, como o Espírito Santo. Meu velho teria adorado aquela bunda, ele a teria sem dúvida beliscado.

Seguimos de carro até o seu apartamento, que ficava em cima de uma garagem a dois quarteirões do hospital. Carreguei as compras enquanto ela abria a porta. O apartamento! Era como entrar numa sala de emergência de um hospital. Todo branco, cerâmica branca na pia, um tampo de fórmica no balcão que separava a cozinha e a sala de estar e ainda mais branco cobrindo as cadeiras e o divã de aço inoxidável tubular. O odor forte de desinfetante impregnava a atmosfera. Tudo estava em armários, escondido — pratos, panelas e frigideiras. Até a torradeira no balcão estava oculta debaixo de uma capa plástica. Seguindo as instruções da srta. Quinlan, coloquei o saco de mantimentos na pia da cozinha.

— Pode tirar a roupa aqui — disse ela secamente. — Coloque suas roupas no sofá.

Ela desapareceu no quarto e trancou a porta. Tirei minhas roupas e coloquei-as no divã, bem dobradas, conforme a austeridade do local.

Quando terminei, a srta. Quinlan saiu do quarto. Estava nua e não tão atraente como se mostrava com as roupas de enfermeira. Eu a tinha imaginado uma mulher com seios fartos, mas eram na verdade quase inexistentes, pequeninos montículos de carne não muito maiores do que os de um homem. Então vi as marcas de seios postiços na pele, o que não a perturbava de modo algum.

— Estamos todos despidos? — disse ela jovialmente, mas com uma entonação professoral.

— Tudo bem — respondi, ficando de pé, escondendo meu precioso sexo com duas mãos.

Ela sorriu.

— Céus, como somos recatados.

Apontou o banheiro com um gesto.

— Venha cá, por favor.

Eu a segui até o banheiro, notando suas nádegas caídas, sem a firmeza que o uniforme apertado sugeria. A fenda também não era atraente. As duas nádegas apenas pendiam ali ociosas e descuidadamente, e comecei a sentir que a srta. Quinlan tinha pelo menos sessenta anos.

Fiquei parado enquanto ela enchia a pia de água e agitava uma solução de espuma de sabão. Nada disso revigorava minha espada, ou, como meu pai a chamava, minha *spada*. Na verdade, ela iniciou uma regressão obstinada, e quando a srta. Quinlan pegou nela havia pouco para pegar, e ela a sacudiu e chamou-a de garotinho envergonhado e levado.

— Profilaxia! — exclamou, jogando, com a mão em concha, espuma de sabão no meu membro. — Este é o nome do jogo. Profilaxia!

A *spada* começou a reagir à medida que ela a manipulava com as duas mãos.

— Garoto querido — sussurrava. — Ele é um verdadeiro anjo...

Deu-me uma toalha e enquanto eu me secava a srta. Quinlan fazia uma solução de sabonete e água, colocava-a numa ducha vaginal, pendurava a ducha num gancho, sentava-se no vaso e enfiava o bico da ducha entre suas coxas.

Secou-se com uma toalha, pegou na minha *spada* e me levou para o quarto. A esta altura eu tinha perdido a paixão, mas estava cheio de curiosidade. Onde acabaria tudo aquilo? A srta. Quinlan era uma diaba, mas era divertida, também, suas nádegas velhas e flácidas balançando enquanto ela puxava o cobertor, amassava os travesseiros e acenava com a cabeça em aprovação para o ninho do amor. Com passos rápidos de pés descalços ela correu até a cozinha e voltou com uma jarra de mel que eu a vira comprar no mercado.

— Mel de jasmim! — exclamou, desatarraxando a tampa da jarra. — Prove! — Ela untou a ponta do indicador com um pouco de mel e estendeu a mão.

Abri a boca para saborear, mas não era para mim que se destinava, era para minha *spada*, só um pouquinho para que se familiarizasse, bem na ponta. Com súbita e enorme energia, a *spada* se apresentou, a cabeça em chamas, e olhou à sua volta, pronta para o combate. Senti um momento de vergonha. Que maneira horrenda de honrar meu pobre pai. Mas estava mergulhado naquilo, tinha pedido aquilo à srta. Quinlan, e não havia motivo para parar agora, apesar de meu pai, de minha mulher e de meus dois filhos.

Sentando à beira da cama, a srta. Quinlan espalhou uma fina camada de mel de jasmim na minha *spada*, da bainha até a ponta. O brilho dourado da peça a deleitou e com um murmúrio de desejo ela degustou o acepipe. Querida srta. Quinlan! Sugou tudo — senti tudo se esvaindo de mim, minha espada, minhas glândulas, meu coração, meus pulmões e meu cérebro, um banquete para uma rainha um tanto idosa — e quando a bruxaria se desfez ela deitou as costas na cama, ofegando desesperadamente, e eu fiquei sentado alquebrado numa cadeira. Ela havia levado tudo e eu nada tinha para dar em troca.

Enquanto ela jazia imóvel, seu braço cobrindo os olhos, fui até o banheiro e limpei minha espada com água quente e uma toalhinha. Eu a vi deitada na mesma posição ao colocar minhas roupas. Meus olhos examinaram o apartamento num último olhar. Um lugar frio e estéril, mas com uma beleza terrível, a beleza da solidão de dois estranhos que compartilham uma intimidade, a beleza que se sentia, mas não se podia ver. Inesquecível.

Caminhei até o quarto para me despedir, mas na soleira da porta vi algo que me fez hesitar. A srta. Quinlan continuava deitada como antes, seu braço protegendo os olhos. Mas seus cabelos tinham se mexido. Aquela adorável pilha nórdica de madeixas louras não era real. Tinha caído para o lado, cobrindo sua orelha, revelando um crânio calvo e branco. Aquilo me humilhou. Tivesse ficado mais ali eu teria rompido em lágrimas. Como ela era bondosa!

— Obrigado, srta. Quinlan — falei.

— Você é bem-vindo, sempre — disse num sussurro cansado.

Não se mexeu.

— Meu pai também agradece.

— Era um homem querido. Fico feliz por ter ajudado.

— Adeus, srta. Quinlan.

— Adeus.

# 29

No dia anterior ao funeral, Harriet chegou de Redondo Beach com nossos filhos e eu estava no aeroporto à sua espera. Ela me beijou e deu um passo para trás a fim de buscar nos meus olhos sinais de infidelidade. Deve ter visto a morte de meu pai em meu olhar cansado e a tensão da minha perda, mas eu sabia que ela nada encontrara da srta. Quinlan refletido ali, pois me deu um sorriso confiante e beijou-me de novo.

Eu não via meus filhos havia um mês. Tinham ido a Ensenada no que chamavam de jogo de excursão de pesca, tendo viajado até lá com duas mulheres na van.

Dominic tinha 24 anos e Phillip era dois anos mais moço. Seus rostos tinham barba rala e estavam bronzeados pelo sol mexicano, os cabelos abaixo dos ombros, eles vestiam jaquetas e calças jeans e calçavam sandálias de tiras. Pareciam fãs pirados de rock, não netos enlutados de um velho que sumira de suas vidas.

Atravessando o estacionamento a pé eu disse:

— Espero que tenham trazido algumas roupas decentes.

Olharam-me com aquele ar cínico e indiferente típico e Dominic disse:

— Não se preocupe com isso, pai.

— Não quero ver vocês no enterro com essa indumentária.

— Sim. A gente sabe.

— E que tal cortarem os cabelos?

— Nem pensar.

Jogaram suas maletas no compartimento de bagagens e sentaram no banco traseiro do carro alugado. Harriet ocupou o lugar ao meu lado e, ao colocar o veículo em movimento, voltei-me para ela.

— Matricularam-se para o novo período?

— Disseram que sim — respondeu ela num tom de dúvida.

Olhei para eles por cima do ombro.

— E aí, Phil. Já se matriculou?

Ele fazia administração de empresas.

— Sim, pai. Tudo sob controle.

— E você, Dominic?

— Não me matriculei — disse.

— Por que não?

— Peguei um emprego.

— Que tipo de emprego?

— Sou verificador num supermercado.

— Pra que diabo? E o seu diploma?

— Ganho sete dólares por hora. Conhece algum biólogo marinho que ganhe esse dinheiro?

— Qualquer idiota pode verificar mercadorias. Você precisa daquele diploma.

— Você não tirou o seu — disse ele.

Harriet e eu nos entreolhamos com o usual espanto. Não conseguíamos lidar com eles. Aqueles dois eram podres de mimos, arrogantes e cheios de si. Não era sua inteligência, era sua esperteza presunçosa, sua capacidade glacial de verbalizar. Nunca se constrangiam ou tateavam por respostas. Eram oniscientes e provocadores.

Por algum tempo rodamos em silêncio. Acenderam pequenos charutos mexicanos e ofereceram o maço; Harriet aceitou um, mas eu declinei.

— Que idade tinha o vovô? — perguntou Philip.

— Dentro de poucos meses ele faria 77 anos.

— O velho safado — Dominic sorriu. — Ele mandou bem.

— O que quer dizer?

— Sabe o que quero dizer, você nos contou uma centena de histórias do vovô.

— Eu gostava dele — disse Phillip. — Ele nos levava àquele velho bar italiano quando éramos pequenos e nos exibia.

— O Café Roma — lembrou Dominic. — Ele adorava aquele *vino*.

— E brandy — disse Phillip. — A primeira coisa de manhã, ele botava brandy no seu café.

— Ele tinha estilo — disse Dominic.

Seguimos para leste na autoestrada, o trânsito leve e veloz. Nuvens amontoavam-se ao norte e fiquei pensando se choveria amanhã no enterro.

— Pai — disse Phillip. — Tenho uma pergunta.

— Chuta.

— Você é diabético?

Eu tinha pensado muito naquilo desde a morte de meu pai, tinha me preocupado com aquilo e até discutira a questão com o dr. Maselli. A doença me pegaria um dia? Havia uma possibilidade.

— Não. Não sou diabético.

— E Dominic e eu? É herdado, não é? É genético.

— Existe o potencial. Não a doença.

— Qual é a diferença?

— Dieta. Evitem o açúcar e as possibilidades são de que a doença passe ao largo de vocês.

— Existem possibilidades de que não passe, também.

— O que você está pedindo, uma garantia por escrito? Não é uma doença ruim. Você pode conviver com ela. Seu avô provou isso.

— Está sonhando — disse Phillip. — Não existe cura para o diabetes.

— Não existe cura, mas existe controle, com a insulina. Além do mais, você não tem a doença, por isso de que merda está falando?

Aquilo o resfriou e ele ficou quieto, mas Dominic prosseguiu:

— Pai, você teria tido filhos se soubesse que tem diabetes nos seus genes?

Sabia que eles se encaminhavam para essa pergunta e agora que fora feita achei difícil lidar com ela.

— Como poderia saber? — falei.

— Não — disse Harriet. — Eu não teria tido filhos.

*Touché!* A afirmação fechou a tampa da caixa de Pandora de especulação silenciosa enquanto nós quatro ponderávamos sobre a inexistência de Dominic e Phillip. Então os dois começaram a rir.

Seguimos de carro até a casa de minha mãe e encontramos um local de ruína e luto, os carros das pessoas que vieram prantear o morto estacionados em ambos os lados da rua, os velhos amigos de meu pai escarrapachados na varanda da frente bebendo vinho das preciosas taças de cristal de Mama, vexados e incomodados com os uivos de suas mulheres no interior da casa. Italianos amam seus entes queridos vivos, mas às vezes amam os mortos ainda mais, especialmente aquelas mulheres reunidas em cada quarto da casa, enxameando ao redor de minha mãe, toda vestida de preto, como formigas negras ao redor de sua rainha, soluçando, chacoalhando seus rosários, rolando os pescoços, abraçando a viúva transtornada, injetando dor nela e intoxicadas pela dor que ela lhes injetava em retribuição.

Não reprovei Dominic e Phillip por não entrarem na casa e, enquanto permaneciam no carro, Harriet e eu abríamos caminho até a varanda e até o quarto de mamãe, onde Harriet se esgueirou entre a multidão de mulheres que soluçavam do lado da sogra. Ela beijou Mama e saiu com uma pegajosa mancha de lágrimas no rosto.

Não podíamos ficar lá. Recuando até a cozinha, vimos a mesa cheia de salame, queijo, vinho e frutas, preparativos para horas de desafogo de dor, um exagero difícil de suportar e absurdo demais.

Escapando pelos fundos, corremos pela cerca viva da vizinha, a sra. Credenza, e nos apressamos ao longo da sebe até a rua e o carro. Quando engrenava a marcha, ouvi a voz de Virgil, da varanda, gritando freneticamente meu nome e correndo em nossa direção.

— Viu o Mario? — perguntou.

— Não.

— O filho da mãe. Devia trazer a pizza.

Apontei o carro para a rua e dirigi até a casa de minha sogra. Quando Harriet e os meninos desceram, vi num lampejo Hilda Dietrich espiando detrás da cortina da porta da frente e enquanto eu seguia em frente ela saiu para recebê-los com braços abertos.

O fim de minha vida em San Elmo estava próximo. Depois do enterro eu iria embora e nunca mais voltaria, pois sem meu pai a cidade tinha se evaporado numa terra de ninguém como muitos outros lugares iguais a ela. Sabia o que tinha de fazer agora: tirar minha mãe dali também, trazê-la para baixo de meu próprio teto, enquanto Stella e meus irmãos resolviam suas próprias vidas.

Uma outra questão persistia.

Como Paulo, que teve seu momento de verdade diante de Damasco, também Henry Molise tivera seu fragmento de êxtase 25 anos antes na Biblioteca Pública de San Elmo. Encostei ao lado do gracioso edifício, subi os degraus de arenito que meu pai tinha construído com suas próprias mãos e segui com passos firmes ao longo de um corredor de estantes até aquele local familiar na quina junto à janela perto do apontador de lápis, debaixo do retrato de Mark Twain, e puxei o exemplar encadernado em couro de *Os irmãos Karamazov*. Segurei-o em minhas mãos, folheei as páginas, agarrei-o com força entre meus braços, minha vida, minha alegria, meu sublime Dostoiévski. Posso ter falhado com ele em meus atos, mas nunca em minha devoção. Meu querido Papa se fora, mas Fiodor Mikhailovich me acompanharia até o fim da vida.

# 30

Pensei que a cidade inteira compareceria ao funeral de meu pai, mas estava equivocado. Mais pessoas estiveram no velório, na tarde anterior, do que o número presente à cerimônia na igreja. A maioria era membro da família, muitos dos quais netos que, em primeiro lugar, nem gostariam de estar ali, uma vez que o circo estava na cidade e a criançada ficou chateada com o avô por ter escolhido uma hora tão inadequada para morrer. O restante das pessoas de luto era formado por amigos e vizinhos de minha mãe e uma turma leal do Café Roma.

Aguardando melancolicamente em suas roupas de domingo, os homens que carregariam o caixão se protegeram do sol sob um enorme olmo naquela tarde quente e infeliz. Eram eles Zarlingo, Cavallaro, Antrilli, Mascarini, Benedetti e Rocco Mangone. Estavam tão belos quanto velhas rochas espalhadas num pedaço de encosta. Ao olhar para eles, um sentimento de tristeza saltou da minha garganta como uma truta subindo um riacho. Agora que não tinha mais um pai, aceitaria qualquer um deles como pai. Na verdade, aceitaria qualquer homem, arbusto, árvore ou rocha que quisesse me ter como filho. Eu mesmo era um pai. Não desejava aquele papel. Queria voltar ao tempo em que era pequeno e a presença do meu pai se fazia forte e rumorosa na casa. Aos diabos com a paternidade. Não nasci para aquilo. Nasci para ser filho.

Os responsáveis por carregar o caixão tiraram seus chapéus quando Harriet e eu entramos na igreja. Acenei. Queria gritar: "Eu amo vocês, preciso de vocês, cuidem de mim, seus velhotes engraçados!"

A família estava reunida nas duas primeiras filas diante do altar principal. Minha mãe estava na primeira fila, entre Virgil e Stella e suas famílias. Mama usava um véu negro que cobria os cabelos e o rosto. Harriet, eu e as crianças ocupamos o banco atrás deles, próximo a Peggy e seus filhos. Logo percebi que faltava um de nós. Virei-me para Peggy.

— Onde está Mario?

— Em estado de choque. Disse a ele para ficar em casa.

Virgil olhou por sobre o ombro e desdenhou.

— Com os Giants e Atlanta disputando um *doubleheader** e passando na TV? Essa é boa, Peggy. Muito boa!

— É verdade! — chiou Peggy num sussurro estrondoso. — Ele chorou sem parar. Amava de verdade o pai. Mas todos vocês estavam contra ele. Vocês o afastaram. Por que implicaram com ele? Por que não acreditaram um pouco mais nele? Bem, vocês vão ver. Vão se arrepender, todos vocês!

— Que Deus a ajude, boneca — disse Virgil, com um sorriso afetado.

— Seu bancário de merda! — disse Peggy furiosa. — Você não serve para limpar os sapatos de Mario!

---

*É o conjunto de jogos disputados entre duas equipes no mesmo dia. (*N. da E.*)

— Quem disse?

— Eu estou dizendo, seu verme!

— Shh! — ralhou Mama sob o véu. — Por caridade. Papa está morto.

Então o carro fúnebre chegou e os homens carregaram o caixão marrom pela nave central até o altar. Assistentes levaram coroas fúnebres e buquês de flores e as colocaram ao redor do caixão. Como parecia pequeno. Meu pai era como um touro, mas não muito alto. Deitado ali, não parecia maior do que um garoto.

Então entraram com uma enorme coroa, cheia de rosas, cravos e samambaias, tão grande que foram necessários dois assistentes para carregá-la. Colocaram-na ao pé do caixão, num suporte de arame. Tinha quase dois metros, um espalhafato esplendoroso, bastante impressionante. Pendurada sobre ela estava uma faixa branca de seda com uma inscrição vermelha em alto relevo. Dizia:

CUMPRIMENTOS DO CAFÉ ROMA

Os homens que carregaram o caixão olharam para sua homenagem com deleite e satisfação. Não havia dúvidas, a irmandade do Café Roma havia sobressaído com o maior e o melhor tributo. Minha mãe, que Deus a abençoe, ficou tão impressionada que virou a cabeça, ergueu o véu e fez um aceno de aprovação. Os rapazes do Roma sorriram com compaixão.

Um sino soou e o padre Martin emergiu da sacristia, atrás de dois coroinhas. Por baixo das batinas dos garotos era possível ver as listras verdes e brancas de suas meias de beisebol e dava para imaginar que em algum lugar da cidade seus colegas de equipe os estavam esperando.

Padre Martin foi até o caixão, abençoou-o com água benta e leu passagens em latim de um livro de orações. Ao fechá-lo, juntou os dedos e tentou colocar o pensamento em ordem enquanto as pessoas aguardavam sua fala. Deve ter sido um problema, pois estava tratando da vida e da morte de um homem que raramente visitava a igreja e nunca cumprira seus deveres católicos.

— Rezemos pela alma de Nicholas Molise — começou. — Um homem bom e simples, um homem honesto, um excelente artífice que viveu por tantos anos entre nós e fez o máximo pela melhoria da sociedade humana. Em vez de chorar, nos rejubilemos por ter chegado ao fim de sua labuta nesta terra e agora estar em paz nos braços de seu Pai celestial.

E foi só aquilo, curto e cativante, bem no alvo. Os presentes o acompanharam na recitação do Pai-Nosso e ele concluiu com:

— Que o repouso eterno lhe seja concedido, ó Senhor, e que a luz perpétua brilhe sobre ele.

O padre voltou para a sacristia enquanto os agentes funerários abriam o caixão e minha mãe liderava a passagem da comitiva diante do corpo. Ela levantou o véu e beijou o marido na testa. Depois, entrelaçou o rosário branco em seus dedos enrijecidos. Virgil a conduziu, enquanto ela chorava baixinho. Um a um, passamos pelo ataúde e olhamos para Papa. As crianças ficaram assustadas e fascinadas, os outros choravam em silêncio.

Não chorei. Senti raiva, nojo. Pelo bom Deus, o que tinham feito àquele pobre velho! O que fizeram com seu rosto abruziano escarpado e grandioso, aquelas rugas de dor e de trabalho, a boca resoluta, a malha ardilosa de suas sobrancelhas, as ranhuras de triunfo e fracasso! Não existiam mais... no seu lugar estava aquele rosto liso, sem rugas, cheio de algodão, com as bochechas coradas. Era uma vergonha, uma indecência, e fui tomado pela perversidade dos escritores, pensando, este não é meu velho, não é o velho Nick, mas sim Groucho Marx, e quanto antes o enterrarmos, melhor.

# 31

Dez carros seguiram o rabecão pela cidade até o cemitério, a um quilômetro e meio de distância, atrás do ginásio da escola secundária. Tínhamos uma escolta policial, um policial numa motocicleta que abria o caminho pela cidadezinha deserta, uma vez que todos tinham ido ao circo. Não havia qualquer trânsito, apenas o cortejo fúnebre passando devagar rumo a Pacific Street. Meu carro seguiu o rabecão, com Mama sentada entre mim e Virgil.

— Papa não estava com uma aparência ótima? — perguntou Virgil. — Meu Deus, as coisas que fazem hoje em dia.

— Ele parecia feliz — disse Mama. — Do jeito que costumava ser, sempre sorrindo, sempre fazendo piadas.

Na verdade a piada era Papa, mas segurei minha língua.

Em cada cruzamento o policial parava sua Harley, levantava o braço, olhava para a esquerda e para a direita, soprava seu apito e acenava para que o cortejo prosseguisse. Eram doze quarteirões até o cemitério e ele interrompeu o cortejo em todos os doze cruzamentos. Minha mãe observava, bastante impressionada, com o véu levantado, pois a escolta dava a seu marido um ar de importância, como se tivesse sido um grande homem naquela cidade.

Passamos pelos portões do cemitério, atravessando o terreno "novo" até chegarmos ao "antigo", a diferença sendo que a parte nova não contava com lápides ornamentadas ou árvores enormes, enquanto a seção mais velha parecia um mundo de fadas, com estátuas grotescas de mármore sob gigantescos carvalhos e figueiras, debaixo de uma sombra exuberante, com a grama úmida e bem verde, sem ser aparada, como que para devorar os antigos túmulos submersos. Através das árvores víamos o padre Martin diante de um buraco no chão, aguardando com o livro de orações na mão.

Ajudei minha mãe a sair do carro e ela engoliu o choro ao caminhar na direção do padre. Quando comecei a segui-la, Virgil segurou meu braço.

— Vamos ficar de olho agora — advertiu. — Mantenha-a entre nós. Ela pode tentar fazer algo.

— Tentar o quê?

— Pular sobre o caixão.

Aquilo era possível, mas não aconteceu. Eu e Virgil a seguramos pelos cotovelos durante as orações finais e, embora tenha oscilado ao ver a urna sendo abaixada e ouvir as roldanas guincharem, permaneceu serena e sem qualquer aflição. Depois, padre Martin chegou a seu lado e segurou suas mãos. Ela olhou para ele e começou a chorar. Ele se curvou e beijou sua testa, o que fez com que todos chorassem, tanto os adultos quanto as crianças, e então as pessoas se viraram e tentaram esconder a tristeza ao se dirigirem a seus carros.

Harriet juntou-se a mim e acompanhamos Mama por entre as figueiras. Então, a distância, escutamos: uma voz, mecânica, eletrônica, pulsando pelo terreno, através das árvores como que para fazer tremer cada folha, um grito de batalha, cada vez mais alto. Paramos para ouvir. Era a voz de um rádio, um narrador esportivo, tenso, explosivo, profanando o cemitério sagrado com suas vibrações estranhas.

— Nona entrada! — proclamou a voz. — Dois fora. Bonds na segunda base, Rader na terceira, Kingman é o batedor. A contagem: duas corridas, duas rebatidas. Capra na posição de rebate. Lá vai o arremesso: bola!

Em meio às árvores, era possível ver a caminhonete velha de Mario, porcas e parafusos chacoalhando, e aquela voz estridente vindo em nossa direção. A alegria tomou o rosto de minha mãe.

— É Mario! — exclamou. — Oh, Mario! No final, ele apareceu. Sabia que viria, eu sabia! Que Deus seja louvado!

A caminhonete derrapou numa curva e desacelerou, parando diante de nós e jogando cascalho. A histeria irreverente do rádio parecia zombar da tranquilidade dos mortos. Era algo rude, que fazia pouco do seu descanso eterno.

Kingman errara. Os Giants perderam. Mario desabou por um momento sobre o volante. Desligou o rádio e voltou à realidade, olhando para nós.

— Estou muito atrasado?

— Não, Mario — disse Mama. — Ainda há tempo. Rápido, antes que o cubram.

Saltou da caminhonete e caminhou depressa na direção da sepultura, onde dois homens com pás se preparavam para preencher o túmulo. Observamos Mario olhar para o caixão, cobrir o rosto com as mãos e começar a chorar. Depois caminhamos até o carro.

Minha mãe sentou entre mim e Harriet. Tirou o véu, inclinou-se no banco e soltou um suspiro. Seu rosto era belo, com olhos animados por um sentimento de paz. Segurou minha mão.

— Estou tão feliz! — disse ela.

— Ele morreu rápido — afirmei. — Não sofreu nem um pouco.

Ela suspirou.

— Todo o tempo me deixava tão preocupada, desde o dia em que nos casamos. Nunca sabia onde estava, o que fazia ou com quem estava. Não me dizia coisa alguma. Toda noite me perguntava se ele voltaria para casa. Agora terminou. Não tenho mais por que me preocupar. Sei onde está. Sei que está bem. — Soltou um gemido. — Oh, Deus. As coisas que costumava encontrar em seus bolsos!

Dei a partida.

— Vamos para casa.

— Comprei um pernil de cordeiro — disse ela. — Vamos ter um jantar excelente. A família inteira. Com batatas cozidas.

Este livro foi impresso nas oficinas da
Distribuidora Record de Serviços de Imprensa S.A.
Rua Argentina, 171 – Rio de Janeiro, RJ
para a Editora José Olympio Ltda.
em abril de 2013

*

81° aniversário desta Casa de livros, fundada em 29.11.1931